刑事に向かない女

黙認捜査

山邑 圭

角川文庫
22280

目次

雨

着古した綿のシャツは、すぐに十分な水を吸い込んだ。

顎（あご）が滑り落ちないためには、適度な湿り気と重さが必要だ。

必ずしも必要な作業ではないのだろうが、念には念を入れる。

空になったペットボトルをリュックの中に放り込み、シャツの腕の両端をスチール棚の角に縛り付ける。

水を含んだ生地は容易に固く結ぶことができ、自分の周到さに間違いはなかったと男は安堵（あんど）する。

頭の中は思ったより静かだ。おかげで、作業の進みは早い。

男は部屋の暗さが少し気になり、小さな窓を塞（ふさ）いでいる鉄パイプと脚立を乱暴に取り払う。思ったより大きな音が立ち、一瞬男は緊張するが、直（じき）に平静さを取り戻す。

錆(さ)び付いたガラス戸を強引に引いた途端、激しい雨音と外気の湿った空気が飛び込んで来る。

朝の予報より、台風の速度は早まっているのかもしれない。

少しの間、外気に顔を晒(さら)して光のない空を眺めるが、特別な感情も湧かず、元の位置にゆっくりと戻る。

抜かりが無いか周囲を確認し、シャツの袖(そで)が作った輪の中に頭を潜らせる。

頭の中では何度も繰り返した行為だが、初めて心臓の鼓動が速くなる。

シャツを摑(つか)んだ両手から力を抜く前に、目に見える全てを眺め回す。

それらは、ありきたりで、あまりにも乱雑だ。

途端に、様々な過去の光景が頭いっぱいに蘇(よみがえ)る。

何故こんな人生になってしまったのかと、どこか他人事(ひとごと)のように思いながら、声に出して低く笑ってみる。

先週の今頃は、全く違う気分で笑っていたのに。

過去のことなど全て無かったことにして、新しい未来に浮かれていたというのに。

災難はいきなりやってくるのだと、改めて思い知らされる。

後悔はしない。人生のやり直しなど、面倒なだけだ。

この体勢で腕の力を抜けば、あっという間に意識を失うだろう。

だが、まだだ。

体力には自信があったし、ここ数年、筋力増強運動を欠かしたことは一日もない。同年代の者より筋力や持久力は勝っているはずだが、念のために腰の下にブロックを滑り込ませる。

失敗は許されないが、なぜか恐怖心は湧いてはこない。

運が良ければ明日(あした)も何かに笑うだろう。

悪ければ明日は来ない。

そう。どちらに転ぶかは、運次第。

そう考えて、男はまた少し笑う。運などという言葉は信じたことがないし、最悪な結果なら、それはそれで仕方がない。

顎にシャツが食い込んで来る。

鼓動が速くなり、白眼が充血してくるのが分かる。

雨音が耳の中で大きく膨れ上がる。

もうすぐ限界がやってくる。

もう一度、窓の方に目を向ける。

夜明けの時刻は過ぎたはずなのに、雨のせいで外の暗さは変わらない。

シャツを摑んだ両手が小刻みに震え始め、男は声に出さずに叫んだ。

遅いよ、おまえ……。

刑事の使命 I

助手席に乗り込んだ瞬間、鼻腔に強い匂いが突き刺さった。

「何、この匂い……」

思わず放った真帆の言葉に、運転席の男が露骨に嫌な顔を向けてくる。

「相変わらずだな、おまえ」

「まさかコロンなんかつけてないでしょうね……？」

真帆の職場にメンズコロンは不要だ。

男は答えず、鼻で笑いながら車を発進させた。

チャコールグレーのスーツに白いボタンダウンのシャツ。きりりと締められた濃紺のネクタイは若者に人気のブランドのロゴが織り込まれていて、ワイドショーなどで見かける若手弁護士などに見えなくもない。

〈黙っていれば、そこそこイイ男なんだけどな……〉

約半年ぶりに復帰した男の横顔を、真帆はまじまじと見つめた。

吾妻健人巡査。かつての相棒だ。

真帆が荻窪東署・刑事課強行犯係の刑事になってから二人目の相棒だったが、今春、吾妻は巡査部長への昇任試験を受けて不合格となり、しばらく体調不良で休職していた。体調不良は風邪から軽度の肺炎を引き起こしたためと報されていたが、不合格のショックによる精神的ダメージが最大の原因だろうと、真帆は思っていた。

視線に気付いたのか、吾妻はチラリと真帆に目をやり、口元に薄笑いを浮かべた。

「カノジョが好きな香りなんだ。ちょっとセクシーだからって……」

途端に、真帆の脳裏にひとつの顔が浮かぶ。

「ああ……最近は手っ取り早く職場で調達してんだって？」

「手っ取り早くって何だよ」

今度は真帆が黙る番だ。続きの会話が想像できる。

吾妻の性格の八割は理解しているつもりだ。不愉快な顔で真帆の言葉に絡んでくるが、内心は自慢話をしたくて仕方が無いのだ。

〈ったく……ミエミエだっつーの！〉

仕事中に吾妻と恋愛トークなどするつもりはない。

話が進めば、きっと余計なことを言ってしまいそうだ。「あの子はやめな」とか……。

気まずい雰囲気を変えるためにウインドウを少し下げると、思ったより勢いよく風が流れ込み、混じった雨粒が顔に当たった。

「台風って、お昼に関東上陸だっけ……？」

独り言のように言うと、吾妻もため息混じりに呟いた。

「らしいな……何もこんな時に首吊りなんかしなくたって」

「だよね……」

ウインドウを戻すと、コロンの香りがきつくなる。

会話が途切れた途端、忙しなく動くワイパーの音が耳につく。

〈本当に、何もこんな日に……〉

憂鬱な一日になりそうな予感に、真帆は今日のラッキーカラーだという水色のハンカチで額の雫を拭った。

若い男の首吊り死体が発見されたのは、高円寺南にある解体目前のビルの一階だった。

幹線道路から路地に入ったところにある四階建ての小さなビルは、解体準備のために足場が組まれ、青いビニールシートでビル全体が覆われていた。

元々は梱包資材の卸問屋のビルだったが、多額の負債を抱え倒産、その後オーナーが変わり、来春には賃貸アパートに建て変わる予定だったと、管理会社の説明が報告されていた。

倉庫だった一階のスペースには段ボールの山や事務用品などが散乱し、遺体は一番奥にあるスチール棚の下で発見された。通報時刻は9時52分。

第一発見者は、台風接近のために足場やシートの確認に来た解体工事会社の現場監督の男だ。

「いやぁ、迷惑な話だよ。首吊りなんて公園かどこかでしてもらいたいよな……ま、台風のおかげでどっちみち仕事にはなんねえけどさ」

作業着の上に雨合羽（あまガッパ）を着た中年男が、うんざりした様子で自分の背後を顎（あご）で指した。床のビニールシートに寝かされた遺体を、数人の鑑識官が取り囲んでいるのが見えた。

近くにいた警官が真帆たちに気付き、手にしていたタブレットを差し出した。

「自分が駆けつけた時の遺体の状況です」

興奮気味に話す若い警官は、一報を受けた近くの派出所の警官だ。

〈マリオネットみたい……〉

タブレット内の画像を目にした真帆は、即座にそう思った。

スチール棚の角に結んだ布の輪に首を入れ、きれいな角度で両足を広げて座っている男の姿が、出番を待っている操り人形のように見えたのだ。

真帆と吾妻に気付き、鑑識官の作業衣を着た男が近付いた。

男は、警視庁鑑識課の後藤（ごとう）と名乗った。

「死後約三時間から三時間半ってとこだな……吉川（よしかわ）線も見られないし、自殺に間違いないだろう」

吉川線とは、他者によって絞頸された場合に見られる防御創のことで、被害者の抵抗により頸部に残る表皮剝奪のことだ。

検視時より逆算すれば、死亡推定時刻は6時半から7時の間ということになる。

「ブロックが一つ転がってるだろ……あれに腰掛けてシャツの袖の輪っかに首を突っ込んで、ブロックをケツで倒したんだろうな」

後藤は、スチール棚の下のコンクリートブロックを指して言った。

黒いウインドブレーカーにジーンズ姿の遺体の傍らに、所持品らしい黒いリュックが置かれている。

「身元は分かったんですか？」

吾妻の問いに、出口に向かっていた後藤が振り返った。

「まだだ。携帯電話も見つからないし、身元が分かるものは何もない。まあ、年齢は二十五から三十歳くらいだろうな」

「遺書もないんですね？」

被り気味に真帆が問うと、後藤は面倒臭そうにため息を吐いた。

「ない！　ないが、これは自殺だ」

事件性が疑われれば、初動から検視官が来て即座に司法解剖に回すこともあるが、自殺の可能性が大となれば、鑑識の検視のみで、遺体は所轄の遺体安置所に運ばれる。

手袋をはめながら遺体に近付く真帆の背中に、あきらかに機嫌を損ねた後藤の声が飛んできた。

「そんなもん、とっくに確認してるに決まってんだろ！」

後藤の反応は、予想どおりだ。定年間近だろうこの年代の男は、真帆にとっては最もやりにくい相手だ。

背後で吾妻の取り繕う声が聞こえたが、かまわずリュックの口を開いた。

中身を取り出すまでもなく、ひと目で確認できた。

天然水のラベルが貼られた空のペットボトルと青いタオルのみ。財布や定期入れのようなものは一切見当たらない。

「ずいぶん持ち物が少ないですね……」

「財布やカードがないってことは、徒歩圏内に自宅があるんじゃないか？」

吾妻が近付いて、のんびりした声を出す。

「近所に住んでいるのだったら、手ぶらでもいいじゃない。何でリュックなんて持ってくる必要があるのよ」

すると、後藤が再び苛ついた声を上げた。

「あのなあ！　自殺するのに、家からいろいろ持ち出すヤツなんていないだろ！」

「いえ、そういうことではなくて！」

語気を強めて立ち上がると、吾妻が慌てて制した。

「椎名、落ち着けって」

真帆は鼻から大きく息を吸い込み、後藤に少し歩み寄った。

「……普通、リュックを持つ人って、いろんな物を入れてると思うんです。特に、男性はバッグを変えることなんて少ないから、もっと生活に密着した物……鍵とかイヤホンとか、制汗剤やのど飴とか……」

「のど飴？」吾妻が小さく吹くのが分かった。

「とにかく、リュックさえ持っていればすぐに旅に出掛けられるくらいゴチャゴチャしてるんです。たとえ身元を隠したかったとしても、ペットボトルとタオルだけって、変だと……」

真帆が言い終えないうちに、後藤の声が重なった。

「それ、おまえの旦那かカレシの話か？」

「一般論です」

後藤はわざとらしい大きなため息を吐いた。

「自殺するんだから、身辺整理したんじゃないのか？　何も持たずにビルから飛び降りたりするヤツもけっこう多いんだぜ」

それに……と、後藤はリュックの傍のビニール袋を指した。

「このホトケは、紐代わりのシャツを水で湿らせたようだ。その空のペットボトルの水を使ったんだろうよ、滑り落ちないようにな。覚悟の自殺以外に考えられねえじゃないか」

透明のビニール袋の中には、写真に写っていたチェック柄のシャツが見えている。

「でもっ……」

思わず声を強くすると、吾妻の手が再び制するように真帆の肩を軽く叩いた。

「俺だって、死んだ後に私物を見られるなんてやだな。それと、家族に迷惑かけたくなかったとか、いろいろ事情ってもんがあったんじゃないか？」

明るい声で言いながら、吾妻が後藤に目礼をするのが分かった。

「ま、どう思おうと、こっから先はあんたらの仕事だ」

言い捨てて、後藤は鼻先で笑ってから背中を見せた。

「……おまえ、鑑識にケンカ売ってどうすんだよ」

後藤や他の鑑識官の姿が消えるのを待って、吾妻が呆れた声を出した。

「だって、変なものは変じゃん」

真帆は改めて、遺体の傍にしゃがみ込んだ。

念のため、ウインドブレーカーのポケットを探る。

「おまえ、どこまでも鑑識を信用してないんだな」

「そうじゃなくて、念のためだってば」

鑑識官とて人間だ。持ち場を荒らすつもりはないが、真帆は自分の疑問に答えが出ないのは嫌だった。

一切持ち物がなければ、逆に違和感を覚えずにいられたかもしれない。

空に近いリュックが残されていたことと……真帆は、あることに疑問を持った。

死亡推定時刻から考えれば、夜明け直後の6時半から7時の間に死亡したと後藤は言っていた。

真帆は、遺体近くの壁にある小さな窓を見上げた。

半開きの引き戸の外に、激しく降る雨が見えている。

「ねえ……この雨、何時頃から降ってたんだっけ？」

昨夜、真帆が布団に入った0時過ぎに、まだ雨は降っていなかった。

「俺がカノジョん家から帰る時にはもう降ってたから……6時頃には降り出していたんじゃないかな。歩いてたらすぐに土砂降りになって参ったよ。でも、カノジョの家から出勤ってのも何だかなあって……」

話が完全に逸れる前に、真帆は入り口付近でスマホを耳にあてている第一発見者の現場監督のもとに走った。

「すみません、昨日の作業は、何時頃まででした？」

男はスマホを耳から離し、不機嫌な声で返答した。

「作業は夜7時きっかりに終了。ここらは7時をちょっと過ぎただけで苦情が来るからな」

建物の建築や解体工事には騒音規制法が適用され、作業は朝の7時から19時までとなっている。

「じゃ、その後は無人になるんですか？」

「普通はね。昨夜（ゆうべ）は台風が来るってんで、朝まで交替で見張りをすることにしたんだよ」

男は入り口近くの簡易ベッドを指した。傍らにカップ麺（めん）や飲み物の残骸（ざんがい）が見られた。当番の作業員が仮眠を取ったり、食事をした跡だろう。

「こういう時って不審者の出入りや放火なんかがけっこうあるからさ」

「防犯カメラはないようですね」

吾妻の問いに、男が笑った。「あったって、やられた後じゃ遅いだろ」

先刻、ビルの周辺の道路や入り口付近にカメラがないことを真帆は確認していた。

「監督さんの前に来た人は何時頃に？」

男は、スマホを確認して「メールで引き継いだのが5時58分だな」と画面を真帆に提示した。

「雨がひどくなりそうだから、とりあえず帰るって……最近のヤツは根性なしばっかりで嫌になるよ」

「その時、この室内にも異常はなかったんですね」

「不審者がいたらすぐに報告があるよ。ごらんの通り、人が隠れるスペースなんてない

から な……あのホトケさんは、うちの従業員が帰った後に入り込んだんじゃないか?」

「じゃ、6時過ぎまで無人になる時はなかったんですね?」

「だろうな。若いヤツらが夜中にサボってない限り……」

もうカンベンしてくれというように片手を上げて、中年男は再びスマホを操作して室外に出て行った。

真帆は頭の中で素早く整理する。

現場監督が遺体を発見したのは午前9時半過ぎ。それ以前の午前6時過ぎまでは作業員がいた……その時雨は降っていて……吾妻の話ではその後すぐに土砂降りになり……

そしてその後に男が室内に侵入し、縊死したのが6時半頃から7時までの間……。

「何考えてんだ?」

吾妻の声に、真帆は我に返った。

「やっぱり変だよ、この遺体……」

「何が変なんだ? まさか、お得意の違和感だけじゃないよな?」

真帆は遺体を指して言った。

「だって、この人、あんまり濡れてないじゃん」

振り返った真帆の目に、ポカンと見つめる吾妻が映った。

『傘がない……？』

スピーカーに切り替えたスマホから、班長の新堂雄一警部補の抑揚のない声が響いた。

「はい。遺体の彼がここに来る頃は土砂降りだったはずなんです。傘を持っていなかったなら遺体は濡れてますよね。髪なんか特に……それが、ジーンズの裾は濡れた跡があるのに、上半身はほとんど濡れていないんです。つまり、普通に考えて、それって傘を差していたと思うんですが、その傘がどこにもないんです」

『ふうん……面白いことを言うな、椎名は』

興奮気味に話す真帆とは反対に、新堂はのんびりとした声で答えた。

新堂は、新人警察官時代に真帆の父親と同じ交番に勤務していたこともあり、真帆のことを親戚の娘のように思っているふしがある。

『……土砂降りになる前から、そのビルのどこかにいたんじゃないか？』

「自分もそう思います」と、横から吾妻が声を張った。

「でも、後で画像を送りますけど、このビルで他の部屋に行くのは無理なんです。正面の入り口以外は建物全体に足場が組んであって、ブルーシートで覆われています。不審者が建物の中に入ることができるのは入り口から直結したこの部屋だけです」

正面入り口に鍵はないが、非常階段も作業台や事務机などの廃棄物で溢れ、エレベーターも稼働してはいない。

「雨が降る前は作業員が見張りでいたから、激しく雨が降っていた時刻にしか、このビルの中に入ることはできないんです。それなのに、この遺体は濡れていないんです」

だから……、と再び横合いから声を出す吾妻を無視して話を続ける。

「それに、所持品が空のペットボトルとタオルだけって、どう考えても不自然じゃないですか！」

『ん……ようするに、椎名は自殺ではなくて他殺だと思うわけか』

新堂の声に混じり、他の刑事たちの話し声が聞こえる。

『他殺だとさ』『ないない……』『またかよ……』

それらに反発するように、真帆は声を強くした。

「その可能性が高いと思います！」

吾妻がため息を吐くのが分かった。

「誰かが、彼の身元に繋がる一切の物を持ち去ったとしか考えられません」

『だとしても、その持ち去った人物がその男を殺害したとは限らないぞ』

このだみ声は古沢だ。

古沢和夫巡査は、真帆の最初の相棒だ。刑事課一の年長者であり、相棒というより手下扱いの態度に何度も泣かされてきたが、昔ながらの地道な捜査姿勢には、真帆も一目置いていた。

『ん……フルさんの言うとおり、雨宿りのつもりでビルに入ったら運良く誰かの傘が置いてあって、ちょいと失敬しようと奥を覗いたら、男が首を吊っているのが見えて、思わず傍に落ちていたリュックの中から財布や身分証なども盗んだ……とかな』

新堂の声は穏やかだが、どこか面白がっている口ぶりにも聞こえる。

「でも、いくらいきなりの大雨だとしても、あんな暗いビルで雨宿りなんて考えられません」

近くの幹線道路沿いには、24時間営業のスーパーやコンビニが立ち並んでいる。傘を買うつもりはなくても、週刊誌の立ち読みなどで雨宿りをすることも可能だ。

真帆に次々と疑問が湧いて来る。

「……どう考えてもおかしいです」

『とりあえず、解剖の結果を見てから判断しよう』

自殺として処理されれば、遺体は行政解剖に回される。

「時間がかかりますよね。何とか司法解剖に変えられませんか？」

事件性が疑われる遺体の場合は、即座に医科大学系の法医学専門家により解剖されるが、行政解剖の場合は監察医の人手不足もあり、都内ではいわゆる孤独死と呼ばれる変死や自殺者が多く、結果が出るまでに時間がかかる可能性が高い。

ダメ元で言うが、意外にも新堂は『了解！』と、あっさり承諾した。

『ま、上を説得する材料がイマイチだけど、俺の責任で』

「はい。よろしくお願いします」

「班長、やり過ぎじゃないですか⁉」

吾妻が悲痛な声を上げた。「連帯責任なんて、カンベンしてくださいよぉ」

少し間があって、新堂が他の誰かと話す声がした。

「班長！　聞いてますか？　椎名の違和感になんか付き合えないっスよ！」

『吾妻、落ち着け……今、ホトケの身元が分かった』

「え!?」

同時に声を上げ、真帆と吾妻は目を合わせた。

身元判明の一報を受け、真帆と吾妻が荻窪東署に戻ったのは30分後だった。署までは車で10分くらいの距離だが、大雨の青梅街道はかなり渋滞していた。

焦る気持ちのまま刑事課に駆け込むと、新堂のデスクのモニター内に、若い警察官のプロフィール写真が映し出されていて、デスクを取り囲むように新堂班以外の地域課の刑事たちもモニターを覗き込んでいた。

「警察官!?」

真帆と吾妻が、また同時に声を上げた。

写真は警察官リストのもので、制服を着た男は風貌こそ変化しているが、間違いなく遺体の男だ。

「ああ、元警察官だ」

岡田亮介・退職時二十四歳。八王子市内の北八王子署宝町三丁目交番に勤務する警察官だったと記されているが、五年前に懲戒免職とある。

検視後、すぐに各警察署に一斉送信された遺体の顔写真に、亮介と同期だった築地南署の刑事が気付いたという。

東京都内では、年間数千人もの自殺者が見つかる。他殺ならともかく、身元不明だとしても、自殺者の顔写真を確認する警察官は少ないはずだ。

「良く分かりましたね。自分だったら、いくら同期のヤツでも、遺体になったら簡単には分かりませんよ」

吾妻が感心した様子で言い、同意を求めるように周囲を見回した。

「ま、俺は同期のヤツらの顔ならまだ覚えているがな」

「あ……フルさん、すごいですね。同期って、もう何十年も前の話……」

「顔は老けても、人の印象はそう変わるもんじゃねえだろーが」

はあ……と、吾妻が救いを求めるような顔を真帆に向けてくる。

「懲戒免職の理由は何だったんですか？」

吾妻の視線を無視して新堂の顔を見上げると、その傍らにいた中堅刑事で古沢の現在の相棒である山岸巡査が、真帆にタブレットを差し出した。「こういうことらしいよ」

「犯罪者リスト!?」

タブレットの画面にトレーナー姿の岡田亮介の写真があり、その下に五年前の犯歴の詳細が記されていた。

「強制わいせつ致傷罪……？」

《岡田亮介（犯行当時二十四歳）は、四月二十一日午後三時頃、八王子市内に住む会社員の女性・当時二十九歳に対し同被害者宅のアパートで強制わいせつ行為に及び、被害者の悲鳴を聞きつけた隣室に住む学生の通報により、駆けつけた警察官に現行犯逮捕された。

事件当時は現職警察官であり、交番勤務中に被害者宅を訪れドアを開けさせたという手口の悪質さと、被害者の足に軽傷（打撲）を負わせたことから、強制わいせつ致傷罪で起訴され、懲役四年八ヶ月の実刑が下された》

「そんな辞め方をした同期だから、良く覚えていたんだろう……他の同期にも確かめてから報告があったそうだ」

「四年八ヶ月って……」

真帆の呟きに、新堂が頷いた。

「先週、刑期満了で東府中刑務所から出所しているんだ」

「自殺だな、将来を悲観してっていうよくある話だ」

それまで口を噤んでいた古沢が、つまらなそうな声を上げた。

警察官の不祥事は今に始まったことではないが、殺人や放火は別として、大方はそれほどセンセーショナルな報道はされない。マスコミやネットで騒がれたとしても、次々に起きる事件に埋もれ、すぐに忘れられてしまう。

〈……それだけ、警察官の不祥事に慣れてしまっているのか？〉

当時、真帆も町田南署に勤める警察官だったが、事件のことは詳しくは覚えていなかった。

その思いに気付いたように、新堂が真帆を見上げた。

「椎名、どうする？」

確かに、記録どおりであれば、他殺よりは自殺と考えるのが妥当だろう。

けれど、真帆にはどうしても拭えない違和感があった。

他殺だという確証があるわけではない。けれど、自殺だという根拠も薄いのだ。

「班長、とりあえず他殺の線で捜査させてください」

周囲から冷ややかな笑い声やため息が聞こえた。

ニヤリとする新堂の背後の窓に、大粒の雨が叩き付けるのが見えた。

「今日はBランチか……金欠？」

真帆のトレイを見て、真向かいに座った吾妻が笑った。

吾妻のトレイは揚げ物がふんだんに盛られた特Aランチセットだ。

署の食堂を利用するのは給料日前の三日間くらいだ。

給料は一週間前に振り込まれたが、大雨のせいか食堂は混んでいた。

一般人には開放してはいないため、メニューも少なく、定食と麺類のみ。

「三十過ぎて、そんな油っこいのばっかり食べてると糖尿になるよ」

真帆は、冷えて硬くなっているサバの塩焼きに箸を突き刺した。

こんな長閑な会話をするために吾妻を誘ったわけではなかったが、食べ終えてからでもいいだろうと考えた。

朝から動き回ったせいか、箸が止まらない。

『食事は自分への投資』と言い切る伯母の曜子に育てられたせいか、真帆は普段の生活では食費を節約したことはない。刑事職は体力勝負だ。体力を維持するためにも食事の時間は大事にしたい。事案によっては昼夜かまわず捜査にあたることもあり、ついつい軽食で済ませることもあるが、そんな時は栄養ドリンクやサプリでバランスを取ることも忘れなかった。

「……で、自信があんのか、他殺って？」

真帆の思惑など無関係に、吾妻はフライを咀嚼しながら訊いてくる。

「自信とか、そういう問題じゃないよ。とにかく確かめなきゃ、嫌なら一人で……」

箸を止めて顔を上げると、吾妻は真帆の背後の誰かに笑顔を向けている。

真帆には絶対に向けたことのない笑顔だ。

その誰かが、同僚たちと一緒に真帆の横を通り過ぎて行く。

紺の制服は決して派手なわけではないが、女たちが室内に現れたことで、モノトーンのような空間が急に色づいたような錯覚を覚える。

周囲の署員たちもチラチラと視線を送る中、テーブルの一角に陣取った女たちが華やかな声を上げた。

警察行政職員……本来は真帆も目指していた職業に就く者たちだ。

彼女たちの仕事は、一般企業で言えば総務の役割を担っている。

いわゆる事務方と呼ばれ、受け付けや来訪者の窓口対応、会計、犯罪資料の作成などが主な仕事だ。むろん男性職員もいるが、荻窪東署にはほぼ同数の女性職員がいて、とりわけ生活安全課の彼女たちは何故か容姿に恵まれた者が多い。

その数人の集団の中でもひと際華やかな雰囲気を放っている女が、真帆にチラリと視線を向け、口元に薄い笑みを浮かべた。

女の名は相田(あいだ)那奈(なな)。昨年から生活安全課の窓口係として勤務している、吾妻のカノジョだ。

受け付け対応の評判はすこぶる良い。特に、近隣商店街の中高年男性から絶大な支持を得ている。決して派手な顔立ちではない。むしろ控えめで清楚(せいそ)な感じの顔立ちだが、舌ったらずの甘い声が人気を呼んでいるらしい。

吾妻もあの声にやられたのだろうと、署内のもっぱらの噂だ。

けれど、真帆は知っている。

その甘い声や言葉が、相手によって大きく変わることを。

「定時までなら付き合うよ、班長が責任取るなら一人でやらせるわけにはいかないし」

スマホを眺めながら、吾妻が気のない声を出した。「で……何から調べるんだ？」

「まずは五年前の事件のことを調べないと。記録にはない何かがわかるかもしれない」

先刻、事件を扱った北八王子署に連絡を入れ、当時、岡田亮介の取り調べをした刑事が現在は世田谷区の北沢西署にいることを聞いていた。

「三沢っていう係長だろ？」

相変わらずスマホを見たままで吾妻がボソリと言った。

「え……何で知ってんの？」

「俺が昼飯まで何もしなかったと思ってたのか？」

吾妻は鼻で笑って、ようやく真帆に目を向けた。

「俺に無駄な時間はないんだ。さっさと喰えよ、その刑事に会いに行くんだろ？」

言いながらトレイを持って立ち上がると、吾妻はあきらかに後ろの席の女子の視線を意識しているように、颯爽とした歩き方で返却口へ向かった。

〈なにカッコ付けてんだか……〉

苦笑しながら視線を戻すと、笑顔で吾妻を見送っていた相田那奈が、その目をゆっくりと真帆に向けて笑みを消した。

刑事の未来　I

予報通り昼過ぎから風が強くなり、台風の暴風域に入ったらしい。

足下まであるガラス張りの窓の外を、雨が横殴りに流れて行くのが見える。

その喧噪(けんそう)を他所(よそ)に、静かな室内には珈琲(コーヒー)の香りが漂い、一流企業の応接室を思わせた。

腰を下ろした革のソファは柔らか過ぎて、背中を直立の状態に保つのは苦行に近い。

「君には期待しているんだ……芦川(あしかわ)君」

真向かいに悠然と座っている男が、その分厚い肉の顔に似合う、低くて太い声を出した。

姿勢を保ったまま、芦川裕也(ゆうや)は少し頭を下げる。

「近頃のキャリア組は要領良く働くことばかりに長(た)けていて、実際、使い物になる人材など数えるくらいだ。むしろ、ノンキャリアの警察官の方が体を張って上を目指している……」

頷(うなず)くわけにもいかず、押し黙る。

男の真意を推し量ろうとするが、まるで見えてこない。

「志が低いというか……いや、そもそも志などという言葉は彼らのような人種にとっては死語に等しいのかもしれんな」

軽く笑いながら、男は珈琲カップに角砂糖を二つ落とした。

「なぜ、私なのでしょうか？」

男の視線が下に逸(そ)れたタイミングで、芦川は一番気になることを訊いた。

「君のこれまでの仕事ぶりは課長から聞いていたが、私なりに調べさせてもらった」

珈琲の中の砂糖を混ぜることなく一口啜(すす)り、糸のように細い目を芦川に向けた。

「君は自分が賢い人間だと信じているだろう？」

唐突な問いに、芦川は言葉を失った。

「自分を賢いと思って疑わない人間は、足を掬(すく)われることを極端に怖れるものだ。だから、慎重に策を練る……私はね、そういう賢さを尊重する」

「仰(おっしゃ)る意味が……」

男は、芦川の声を無視したかのように、視線を遠くに投げて言葉を続けた。

「実は、私の知人が少し困った問題を起こしてね……ぜひ君の協力を仰ぎたいと思うんだが」

男は一旦言葉を切り、芦川の目を捉えて声色を変えた。

「これから先の話は、私の独り言と思って聞いてくれてもいい……」

一重瞼が弧を描き、引き上げられた唇の中に、不自然に光る白い歯が見えた。


退室すると、初めて足を踏み入れた階の廊下を、芦川はゆっくりと歩き始めた。

人気はなく、まるで欧州のホテルの中を歩いているようだと芦川は思った。

警視庁副総監室は、芦川が日々働く空間の遥か上階にあった。

縦社会を具現化したような部屋割りに、芦川は皮肉な笑いを浮かべた。

〈独り言と思って聞いてくれてもいい……?〉

わざわざ独り言を聞かされにエレベーターに乗り、覚えのない緊張感を感じ、「聞き流して、黙って帰ってくれてもいい。君の判断に任せる」などと言われて頭を下げる自分に、内心腹が立つ。

〈逃げ道などないではないか……〉

課長に呼び出された時から、芦川は少し嫌な予感がしていた。

警視庁刑事部捜査一課には、芦川などより優秀な刑事が大勢いる。

確かに昨年の昇任試験にトップで合格し、刑事二年目で巡査部長になった芦川は、同僚の中では周囲から目立った存在だった。けれど、ノンキャリアはノンキャリアだ。

芦川は公立大を卒業後に大手商社に二年勤務し、数字を追う仕事に疲弊し退社。半年間海外を放浪し、二十五歳で警察学校に入った。

警察官を目指したことに、それほど深い思い入れがあるわけではない。他の職種に興味が湧かなかっただけだ。

けれど、結局はどこも同じだと芦川は思う。以前追いかけていた［売り上げの数字］が［被疑者の検挙数］に変わっただけのことだ。

商社は派閥から脱落しなければ、それなりの出世は見込めるが、警察官は、いくら刑事としての功績を積んだとしても、昇進には限りがある。

先刻、副総監の林田蒼甫警視監が言った通り、肩書きに胡座をかき、要領良く働くことばかりを考えている警察庁のキャリアの刑事たちは多い。

ノンキャリアの中にもがむしゃらに上を目指す者など、芦川の周囲にはいない。現状で十分満足しているからだ。交番勤務を経て、誰もが何らかの事件現場での仕事を経験している。

その勤務形態や処遇の過酷さに比べたら、ここでの勤務は、ある意味では楽だ。

無論、凶悪な殺人事件の捜査を担当することになれば昼夜を問わず出勤することにはなるが、各分担が明確であり、理不尽に上司にこき使われることなどない。

古参の刑事の中には、刑事課の伝統とも言える『捜査は足で稼ぐ』を実践している者もいるが、監視カメラやドライブレコーダーが事件の真相をいち早く伝える昨今では、若い捜査員がその背中に教えを乞うことは少ない。それは警視庁でも所轄署でも同じであるが、警視庁捜査一課は特に顕著だと芦川は思っている。

芦川は品川(しながわ)中央署から警視庁に異動になった時、心底自分の幸運を喜んだ。

『捜査は足で稼ぐ』ではなく、『捜査は頭で稼ぐ』。

刑事になった当初からの芦川のモットーだ。

二度と、所轄署の刑事には戻りたくなかった。

刑事の使命　II

北沢西署に着くまでに、ナビの予測を遥かに超えた時間がかかった。

雨は弱まってはいたが風の勢いは増していて、正面前の駐車スペースに空きはなく、真帆は先に車から降りて、近辺のパーキングに向かう吾妻の車を見送った。

受け付けで身分証を提示すると、すぐに一階奥の面談室まで案内され、数分も経たずに中年の男がドアを開けた。

男は軽く片手を上げただけでまともに目も合わさず、せっかちな様子で目の前のパイプ椅子に腰を下ろした。

刑事課係長の三沢警部補だ。資料によると、現在五十一歳で古沢と同年齢だ。

その横柄な様子から、嫌でも鑑識の後藤のことを思い出す。どうしてこうも苦手な年代の男に接触する仕事が多いのかと、真帆はうんざりとした気分になる。

「岡田亮介の事件ね……？」

「はい。当時、岡田の取り調べを主導したのは三沢さんだとお聞きしました」

「主導って……俺は上からの指示通りに聞き取りをしただけで、もちろん、違法な捜査なんてしてないし……」

「？……あの、そういう話では……」

真帆は額に汗が滲んでくるのが分かった。

〈やっぱりこういうオヤジって苦手だ……どうして話が嚙み合わないんだろう〉

三沢はイライラとした様子で、片足を揺すっている。

向こうは向こうで、若い刑事に不満があるのは当然のことなのだろうし、受けた教育の違いもあるに違いない。

「出所して自殺したんだってな。別に俺たちが無理やりゲロさせたわけじゃないぜ」

「ゲロ……したわけじゃないですよね、最後まで」

「ああ、そうだ。けど、どっちにしたって……」

「あの……私がお聞きしたいのは……」

真帆が焦って三沢の言葉を遮った時、吾妻がようやく姿を現した。

「おやまあ、捜査でもないのにペアでお出ましか。荻窪東署は刑事が余ってんだな」

こういう挑発に乗っても得はないことを、真帆は既に学んでいる。

一旦深呼吸をして笑顔を作っている間に、吾妻が挨拶を済ませて真帆の横に座った。

「実は、一応捜査なんです。岡田の自殺に他殺の疑いが出て来たものですから」

銀行の営業マンのような明るい物言いに、三沢は一瞬キョトンとした目になった。

「他殺って……何か証拠でも出たのか?」

「まあ……それはまだお伝えできないんですが、北八王子署から当時の捜査資料を送ってもらったので再確認をさせて頂きたいんです」

「再確認ね……そりゃご苦労なこった」

三沢は口元に薄笑いを浮かべた。「記録以上のことは何もないけどね」

真帆は、遺体発見当時の様子を説明した。

「体が濡れていない? それだけか?……まさか、後は刑事の勘とか?」

やはり、古沢と同年代の刑事は同じようなセリフを吐くな、と真帆は唇を引き上げた。

「はい。刑事の勘です。それを大事にしろと、先輩刑事から教わりました」

三沢は鼻で笑って顎をしゃくった。「で……?」

「岡田は逮捕当時から犯行を否認していたそうですね?」

吾妻に話を任せて、真帆はタブレットを取り出し、捜査資料の画面を開いた。

《当初より被疑者岡田亮介は犯行を否認。被害者の菅野美波・二十九歳とは以前からの顔見知り(勤務する北八王子署宝町三丁目交番前でほぼ毎朝挨拶を交わしていた)であり、当日は菅野からストーカーの男が部屋の前にいるので助けて欲しいとの連絡を受け、告げられた住所のアパートに一人で向かったと供述。岡田は、菅野が何故、公用携帯電話の番号を知っていたのか不審に思いながらも現場に急行すると、菅野がいきなり抱きつき、自ら床に倒れ込み叫び声を上げた。岡田は菅野が精神に異常をきたしたか、「てんかんの発作」等を疑い、救急車要請のために無線機を取り出そうとした瞬間、頭部に衝撃を受け失神。意識を取り戻した時には、同じ交番勤務の萩原茂樹(はぎはらしげき)巡査に取り押さえられていたと述べた》

「ああ、ガイシャの女とは私的な付き合いはほとんどなくて、名前や住所も交換した覚えはないと言っていた」

「携帯電話等で以前から被害者と遣(や)り取りした記録もなかったんですね?」

三沢は真帆の手元にあるタブレットを顎でしゃくった。

「そこに書いてあるだろ。岡田はガイシャから公用携帯電話に電話があったと言ってるが、その記録はない。無論、岡田からガイシャへの発信記録もなかった」

「呼び出されたという岡田の供述は嘘……?」

「そう考えるのが普通だろうな」

真帆は画面をスクロールして被害者の供述調書の画面で止めた。

《被害者・菅野美波の供述より――

被害者は岡田巡査と通勤時に交番の前で挨拶を交わすことが何度かあったが、次第に岡田の眼差しに不快感を覚え、目を合わすことを避けるようになっていた。

事件当日は休日でもあり昼過ぎに起床。その後自室でテレビを観ていたところ、玄関のチャイムが鳴り、ドアスコープで確認すると、制服姿の警察官が立っていた。

警察官は、近所で強盗未遂事件が起こり、犯人がアパート周辺に逃げ込んだという目撃情報があるので聞き込みを行っていると言った。帽子を目深に被っていたこともあり、岡田とは別人だと思いドアを開けた瞬間、その警察官の男に抱きつかれて床に押し倒された。その時初めて岡田亮介本人であることに気付き、その異様な目つきから殺意を感じ、思わず傍にあった花瓶で岡田の後頭部を殴打。昏倒した岡田から逃れようともがいているところへ、隣室の大学生から通報を受けた萩原巡査が駆けつけ救助されたと述べた》

移動の車内で内容は確認済みだが、記録にはない何かが聞き出せることもある。

「事件前に、被害者からストーカー被害の相談とかはあったんでしょうか?」

「ストーカーというくらいなら、被害は一度や二度ではなかったはずだ。

「それはなかったみたいだな。実際、危険性の少ないストーカー被害の相談は記録にも残さないことが多いしな……勘違いってやつもけっこう多いだろう?」

真帆は啞然と吾妻の顔を見た。

真帆の視線に気付いた吾妻の目が、「何も言うな！」と言っている。

「ですよね……で、岡田はずっと否認したままで起訴されたんですか？」

真帆から視線を逸らして、吾妻が早口で言った。

「ああ。気の弱そうな男だったけど、やってない、の一点張りで往生したよ。あっさり認めてれば、もっと刑期も短くて済んだはずなのにな」

「岡田の供述が事実なら、何故、ガイシャの家に向かう前に交替要員に無線連絡しなかったんですかね」

「だろ？　巡回中だった萩原巡査は無線連絡を受けてないと言っているし、岡田の言い分に信憑性はないんだ……」

「その事について、岡田は何と？」

「暴行を受けているわけでもないので、事件性はないと思ったと。まあ、分からんでもないが、持ち場を離れたことは迂闊だったな」

「岡田が嘘を吐いているように、見えましたか？」

「……どうかな。芝居ができるようなずる賢さは感じなかったけれど、分かんねえだろ、そんなの本人にしか」

二人の会話を聞きながら、真帆は改めてタブレット内の捜査資料を読み返した。

一審判決で有罪になった岡田は即座に控訴したが、二審の裁判で検察は決定的な証拠を出してきた、とある。

《……萩原巡査も、岡田は半裸になった女の上で昏倒していたと明言。何より、女の悲鳴と言い争う声を聞いた隣人の証言と、女の下着から岡田の皮膚組織が採取されたことが、高裁において被告を有罪へ導いた。闘病中の父親や、既婚の姉も公務員であること、何よりも有罪を覆す証拠が皆無であることから最高裁への上告を断念。事件から十ヶ月後に刑が確定した》

「被害者の下着に岡田の皮膚片が見つかったとありますね……」

「岡田のＤＮＡが検出されたっていうんだろ？」

三沢は、真帆たちの方に少し上半身を傾けた。

「……それには捜査員全員がびっくりしたんだ。ちょっと変だろ？」

「変？」

「皮膚片が見つかったんなら、初動捜査でとうに鑑識が調べてるだろ？」

二審は事件の半年後だ。それまで決定的な物証を検察が温める理由はない。

それでも岡田は否認し続けたが、弁護士の説得を聞き入れ、最高裁への上告を諦め、刑が確定したという。

「なにせ現職警察官の不祥事だから、上も早いとこ処理したかったんだろ」

「どういう意味ですか？」

真帆の問いに、三沢がニヤリと黄色い歯を見せ、「あんたが考えていることと同じかな……」と、屈ませていた上体を背もたれに戻した。

北沢西署を出た頃は、既に台風は北関東に移動したらしく、風も静かになっていた。洗われた道路に、色づいたばかりの銀杏の葉が貼り付いている。

「検察が証拠をねつ造するなんて、絶対あり得ないよね」

「まあ、普通は考えられないな……警察官の不祥事って言っても、お偉方の犯行じゃないし、交番勤務の若い警官が起こしたワイセツ未遂事件なんて、世間はすぐに忘れるだろ」

真帆の記憶でも、ネットが騒がしかったのは一週間もなかったと思う。

事件当時、財務省の贈賄事件がマスコミを賑わしていたせいもある。

「でも、上告はしなかったけれど、岡田は最後まで否認していたんだよね」

真帆は警察官時代の岡田の顔写真を思い浮かべる。少年のような幼い顔立ちで、三沢の言葉どおり、特に気弱そうに見える小さな目が印象的だ。

「まあ、ワイセツ致傷罪なんて、男としちゃ恥ずかし過ぎるからな」

真帆は再びタブレットを取り出して、被害者の供述書を眺めた。

――ドアを開けた瞬間、警察官の男に抱きつかれて床に押し倒された……。

「ねえ……男って、うっかり発情なんてするもんなの？」

「うっかりって……まあ、相手次第じゃないかな」

吾妻はケラケラと笑い声を上げて、「おまえって、ホント、成長しないな」と、ため息を吐いた。

いつの間にか車は渋滞気味の幹線道路を外れ、住宅街の中の狭い道を右へ左へと忙しなく進んでいる。吾妻はナビには表れない抜け道を探すのが趣味だ。そして、その一点に限り、真帆は吾妻の勘を信用している。

真帆は再びタブレットに目を戻す。

《……萩原巡査も、岡田は半裸になった女の上で昏倒していたと明言……》

「萩原……萩原茂樹……」

警察官現職リストで検索をすると、現在は警視庁総務部地域課・課長代理。階級は警部とある。

「二十九歳で本庁勤務の警部……キャリアか？」

「違うみたい。地方公務員だもの」

キャリアと呼ばれるのは、大学卒業後に国家公務員総合職試験に合格した警察官のことで、身分は国家公務員だ。

「ふうん……キャリアじゃないなら相当やり手だな」

吾妻が面白くなさそうな声で言う。

萩原は事件の二ヶ月後に、警視庁総務部に異動となっている。

真帆は時計に目を遣る。17時を過ぎたところだ。

「さっきも言ったけど、今日は定時までしか付き合わないからな」

真帆の目論みを感じ取ったのか、吾妻がチラリと視線を送ってくる。

総務部なら、残業がなければ萩原も定時にあがってしまうだろう。

「了解。明日朝イチで本庁に行ってみる」

車は再び幹線道路に入っていて、荻窪東署のビルが見えているにも拘らず、一向に近付いてこない。

「ったく……誰だよ、トロトロ走ってるやつ」

〈今日もデートってわけか……？〉

真帆は相田那奈の顔を思い浮かべた。

吾妻はイライラとした様子でいきなり車を左折させ、再び住宅街の小路を走り出す。

公の捜査ならば直帰も許されるが、新堂の許可が出ているとはいえ、他の刑事たちの手前もある。

それでなくても、署内の新堂班の評判は良いとはいえない。

過去の捜査の検挙率は署内一で、他の所轄署を含めても上位に入るが、検挙件数と署内の評判は比例しない。

特に、他の課長や総務からの評判は悪い。規律違反すれすれの捜査のために、交通費などの必要経費が予算を上回ることが多いからだ。加えて、それらの領収書類が月内の精算日まできちんと提出されたことがない。

故に、新堂班の刑事は、「経費のかかる無精者」と認識されているのだ。

「結局、おまえの刑事の勘とやらに振り回されるんだもんな……やっぱり俺、戻ってこないで転職すれば良かったかな……」

吾妻がブツブツと言いながら一段と細い小路へハンドルを切った途端、目の前に行き止まりの立て看板が迫った。

電車は帰宅ラッシュにはまだ早い時刻にも拘らず、いつもより混んでいた。

ほとんどの勤め人や学生は、朝の激しい雨の中を出勤したのだ。できるだけ早い時間に帰宅して風呂に浸かりたいと思うのが人情だ。

新宿から約30分。狛江に着くまで立ち通しだったせいもあり、真帆は自宅のペンシルビルの外階段を這うようにして上がり切った。

ここ数週間は大きな事件はなかったものの、苦手な調書作成などの事務仕事に追われ、帰宅は21時前後になっていた。

伯母の曜子が営む一階の洋品店は、内側のカーテンは引かれていたが、ガラス戸の中には明かりがまだ灯っていた。閉店時間は19時だが、シャッターを下ろすのは20時を回ることが多い。近所の顔馴染みの高齢者たちがいきなり来店することもあるからだ。

それらの来訪者は洋品店の売り上げを伸ばすのではなく、大半が曜子の水晶占いを乞うものだ。『孫の入試はうまくいくか』『癌にかかる可能性はあるか』『宝くじに当たるか』等々。

そのほとんどが、近くの都営団地に住む独居老人だ。

「……雲がゆっくりと流れている……大丈夫、黒い雲ではなくきれいな白い雲だから、全てうまく行くはず……」

二階のリビングに入ると、一階の店に下りる階段へのドアが開いていて、曜子の低い声が聞こえてくる。

真帆は三階の自室で素早く着替え、すぐにまたリビングへ下りた。

調理中に客が来たのか、キッチンのまな板の上に刻みかけたネギがあり、周囲に白菜などの野菜が散乱している。

それらの食材を見ただけで、献立はすぐに分かる。曜子が最近ハマっている坦々鍋だ。

料理上手な曜子だが、秋の声を聞いた途端、食卓には土鍋が並ぶことが多くなっている。真帆が刑事になってからは特に。

『一人の食事はあっという間に終わるのよ。鍋だと一人でも食卓を囲んでいる雰囲気が出るから寂しくないじゃない』

そう曜子は言うが、一人で鍋をつつく曜子の姿を想像するのは、少し辛かった。

曜子は真帆の父の姉であるが、真帆は四年前に病死した伯父の椎名文博と曜子夫婦の養女となっており、すでに二十年以上も実の母娘のように暮らしてきた。

しばらくしてシャッターが下りる音が聞こえ、曜子が階段を上がってくる足音がした。

「あら、帰ってたの？」

キッチンの真帆に気付き、嬉しそうな顔を向けてくる。

寡婦となってからも気丈に暮らしてきた曜子だが、年が明ければ還暦を迎える。持病はないものの、年齢なりの衰えは外見にも表れていて、髪に白い物が目立ち、背中が少し丸くなったように見える。

「今日はどうだった？ そんなに悪いことはなかったでしょ？」

伯母の今朝の占いでは、『天候の割には穏やかな一日になる』という結果だった。

「朝から大変だったよ、いろんな意味で……」

ふうん、と口をすぼめ、曜子はグツグツと煮える鍋に箸を伸ばした。

曜子の水晶占いは、趣味の延長みたいなものだが、昨年あたりからネットの評判のお陰で「占いの館」への出張アルバイトも依頼されるようになっていた。

「伯母ちゃんも若くないんだからさ、断ることも大事なんじゃない？」

「だって、お客もタダで帰りづらいからスカーフの一枚も買ってくれるのよ、ありがたいわねえ……」と目を細める。真帆にはその真意は分からないが、曜子が損得勘定だけで顔馴染みに接しているわけではないことは分かっていた。

「そういえば、明日も少し早く帰れない？ 博之が来るらしいんだけれど」

「明日か……まだわからないな。週末にしてくれたらいいのに」

「週末って……どうせまた出勤になるかもしれないじゃない──」

真帆の父である相沢博之は、電車の駅が一つ先の和泉多摩川のアパートに住んでいる。

かつては新堂班長も勤務していた交番の警察官だったが、現在は警備会社の非正規社員だ。長い間放浪をして現在も低所得者の身分だが、それなりに洒脱で品が良い、と真帆は思っている。

けれど、二十一年ぶりの再会後、数回食事や酒を共にしたが、いつも訊きたい事の半分も口にすることはできず、真帆はどこかまだ他人のような気がしていた。博之の様子もぎこちなく、二人はお互いの間に横たわる小さな側溝を跳び越えられないでいた。

「二人とも、いい加減お互いに甘えてもいいと思うんだけどね」

「そんなこと言われたって……第一、甘えるっていう歳じゃないよ、お互いに」

歳とか関係ないと思うけどな……とため息混じりの曜子の声を背に、真帆は食卓を離れた。

「そっか、結局、似た者同士ってことだわね」

背後に曜子の納得したような声が聞こえた。

洗い物を曜子に任せ、シャワーを浴びて自室に戻ると、すでに21時を回っていた。

部屋の空気が淀んでいるように思え、ベッド傍の窓を開けると、まだ湿り気を帯びた風が勢い良く流れてくる。

新堂に他殺の線での捜査を許可してもらったものの、岡田亮介の死が他殺であると、今はまだ自信を持って言うことはできない。

だが、ただの違和感や勘だけではない。

どう考えても、今朝の未明の風雨の中、それほど濡れずに現場に来ることなどできないのだ。ビルの防犯カメラは撤去されていたが、近くの道路やコンビニの防犯カメラの映像の回収は吾妻に頼んである。

明日には鑑識の若手に解析を依頼するだろう。岡田本人の姿やビルに向かう車が映っている可能性もある。

先刻、署に戻った時には、解剖の結果はまだ出ていなかった。

新堂がどんな手を使って司法解剖の許可を得たのかは知らないが、新堂とて何の疑いもなく真帆の言葉を鵜呑みにするような上司ではない。

おそらく真帆たちには報されてはいない、他殺の疑惑に繋がる何らかの情報を握っているに違いなかった。

遺体の確認には姉が呼ばれたらしいが、引き取りは拒否されたということだった。

明日は朝イチで本庁に向かうことは新堂に報告してある。

〈萩原茂樹警部、総務部地域課・課長代理……片や前科者で無職。将来を悲観して自殺……〉

同年齢で同じ交番勤務でありながら、五年前から真逆の人生を送った二人……。

警察官リストにあった二人の顔を思い浮かべる。

絶命はしていたが、会ったことのある岡田よりも、まだ面識のない萩原の顔の方が鮮明に思い出された。

どちらかと言えば端整な顔立ちの岡田に比べ、萩原は凡庸な暗い表情をしていたせいかもしれない。

真帆はまだ本庁に一人で足を踏み入れたことはない。

十分な睡眠を取らねば、見当違いの質問をして恥をかく恐れもある。

真帆は朝が苦手だ。今朝のように忙しない仕事があった場合は別として、午前中は頭が使い物にならないと感じている。

昨日までの数週間は遅刻こそなかったが、昼食まで書類の整理は全くはかどらなかった。デスク作業は苦手なのだ。体を動かしている方が、頭は予想以上に活躍を見せる。

この体質で、以前は事務方の仕事を望んでいた自分に呆れ返る。

明日の仕事着を決め、仕事の手順を復唱して枕元の明かりを消した途端、スマホの着信音がなった。

「はい、椎名……何？　どうかした？」

『明日、本庁の面談が終わったらガイシャの女に会いに行かないか？　捜査資料にある住所にはもういないかもしれないけど、当時の勤務先に行ったら何か分かるかもしれない』

吾妻はふいに思いついて電話をかけたような様子で、いつもより早口で喋る。

「了解……でも、だったら勤務先に電話で訊けばいいんじゃないの？」

すると、電話の向こうで吾妻が大きなため息を吐くのが分かった。

『おまえな……未遂に終わったとしても、ワイセツ行為の被害者だぞ。もしまだ会社に在籍していたとしたら、事件の蒸し返しになって、また興味本位で見られるかもしれないんだぞ。女のくせに、デリカシーがないな』

その時、吾妻の声の背後で微かな女の笑い声が聞こえた。

『じゃあな、本庁終わったら連絡しろよ』

真帆の返事を待たずに、吾妻の電話が切れた。

〈何なの、コレ……〉

笑い声の主は、あの相田那奈に違いない。

嫉妬心ではないが、腹が立ってくる。

少し前から、あの女が自分に何か敵意のような感情を抱いているのは感じている。

真帆は、そういう女特有の感情が一番苦手だ。

自分にも争うような感情の持てる相手であれば、いくらでも喧嘩は買うつもりだが、まるで予想もしないところで喧嘩を売られても困るばかりだ。

〈吾妻もかわいそうだけど……ああいう女の子がきっと可愛いんだろうな〉

後で泣きを見ても、それは吾妻の自己責任。

真帆は、相田那奈の本音を知ってしまってはいるが、吾妻に伝えるつもりはなかった。

余計なお世話と一蹴されるに決まっている。

暗い中で、窓のカーテンを少し引いてみる。

澄んだ濃紺の空に、無数の輝きが見えた。

明日は今日より忙しくなるかもしれない。博之の来訪時に帰れるかどうか保証はない。

枕に頭を落とし、真帆は久しぶりに博之に連絡を入れてみようかと思った。

警視庁本庁舎に着いたのは、予定より一時間近く早かった。

危惧していたとおり寝付かれず、気がついた時には開けっ放しだったカーテンの向こうに、明けたばかりの薄水色の空が広がっていた。

熱いシャワーを浴び、曜子が用意してくれた味噌汁を飲み、占いの結果を聞き、満員電車に揺られても、まだ真帆の脳は覚醒してはいなかった。

『荒れ野に佇む人影が見える……風に吹かれて行き先を見失った旅人のよう……』

曜子の声を斑に思い出す。ラッキーカラーは赤。鮮血を想像させる、真帆の嫌いな色だ。身の回りに赤い色の物はない。

〈嫌な予感がする……〉

本庁近くのコンビニのイートインで珈琲を飲みながら、真帆は本庁の通用口に入って行く職員や警察官たちの流れを眺めた。

思い過ごしだろうが、荻窪東署も含め、所轄署に勤務する者たちよりどこか垢抜けて見える。おそらく建物や街の雰囲気のせいだろうが、真帆には別世界の人間たちに見えてくる。

——と、その群れの中に、芦川の姿を見つけた。

思わず上げかけた腰を、真帆は再びゆっくりと下ろした。

芦川とは数ヶ月前に電話で話をしただけで、もう一年以上会ってはいない。

管轄内の殺人事件の捜査を担当した際、芦川の協力を仰いだのだが、何故か最終的に芦川主導の捜査一課の手柄となることが多かった。

認めたくはなかったが、真帆から芦川に流した情報により、一課が組織力で素早く動いたふしがあった。

『おまえ、芦川に利用されてんじゃないか?』

以前、吾妻に言われた言葉だが、半年前の事案の時に、一瞬だけ同じ言葉が頭を過ったことがある。

けれど、真帆は認めたくなかった。

年齢は二歳上だが警察学校の同期であり、その頭脳明晰で穏やかな人格に真帆はずっと憧れを抱いていた。無論、その容姿にも……。

一年前に巡査部長への昇任試験をトップで合格した芦川に、吾妻が敵意を抱いても仕方がないが、吾妻の言い分にも、真帆が頷くところがある。

『本性が見えない』

芦川の話題が出ると、吾妻が必ずといっていいほど口にする言葉だ。

その芦川が、チャコールグレーのスーツ姿で颯爽とビルの中に消えて行く。

今までに個人的な付き合いはほとんどなく、芦川の私生活も全く知らないのだ。

そんな遠い存在に、自分はかつて何を望んで期待していたのだろうと、真帆の胸に苦いものが広がって行く。

8時半を回ったところで、真帆は席を立った。

芦川の姿が消えた通用口からやや離れた正面玄関に向かう。一般人らしき人影の方が多くなり、団体の見学者らしき一団がざわざわとやってくる。

その塊を通り抜け、受け付けで警察手帳を提示して萩原を呼び出してもらうが、定例会議中だということで、真帆はロビーで数十分以上待たされた。

本庁に来るのは、警察学校の研修と事件の報告のために新堂に帯同した時と、今日でまだ三回目だ。広さを別とすれば、所轄署のロビーと雰囲気は変わらないが、やはり警察職員の纏っている雰囲気はどこか違って見えた。

けれど、案内された面会室は、本庁といえども所轄署のそれと変わらなかった。

スチール製のテーブルとパイプ椅子。隅にウォーターサーバーが置かれているだけの殺風景な個室だ。

室内は暖かく、寝不足の真帆から緊張感を奪っていく。

少しウトウトしかけた時にドアがノックされ、一人の若い男が顔を出した。

「お待たせしてしまいました。萩原です」

現れた男は、真帆の予想とは全く違う青年だった。

写真の顔は白く平坦だったせいか、どことなく暗い性格を想像していたのだが、目の前にいる萩原は、キャリアと錯覚しそうな、いかにも自信に溢れているように見えた。

勿論、ノンキャリアであっても、エリートには違いない。

上質そうなスーツを着こなし、活力に満ちたにこやかな表情を真帆に向けてくる。

勧められるままに腰を下ろし、改めて萩原と目を合わせる。

「荻窪東署の刑事さんが、私のような総務の者にどういうご用件で……？」

「アポも取らず失礼しました……内々での捜査ということもあって、正式な手続きを待っているわけにはいかなかったんです」

「もしかしたら、岡田……岡田元巡査に関することですか？」

萩原の方から、岡田の名前が出て来た。

岡田が変死体で見つかったことは、無論昨日のうちに本庁にも報知済みである。管轄である荻窪東署の刑事の訪問とあれば、萩原のように岡田と過去に面識がある者なら理由は瞬時に理解できるだろう。

「はい。五年前の事件についてお聞きしたいと思いまして……捜査資料を再確認して新たに報告書を作るように上から言われて伺いました」

萩原は、少し心外そうな顔をした。

「資料に残されていること以外に、私が知っていることはないと思うのですが……それに……岡田は自殺したんですよね？」

真帆はタブレットを取り出して萩原の前に差し出した。

発見当時の岡田の写真だ。

萩原は一瞬身を硬くしたように見えたが、画面を食い入るように見つめた。

「首を吊ったとは聞いていましたが、何でこんな所で……」

「萩原さんは、何故岡田亮介は自殺したと思いますか？」

画面から目を逸らし、萩原は顔を歪めてゆっくりと頷いた。

「バカなやつです。せっかく刑期を終えて出所したばかりだっていうのに……」

「出所後、萩原さんに連絡はありましたか？」

萩原は首を振り、「連絡があったら、自殺なんかさせませんでしたよ」と、眉根を寄せた。

「自殺と決まったわけではありません」

真帆の声に、萩原が瞬時に顔を上げた。

「やっぱり……」萩原の白い顔に赤味が差していた。

「え……やっぱりとは？」

意外な返事に、真帆は思わず身を乗り出した。

萩原は五年前の事件を明確に覚えていた。

「事件の少し前に、私は昇任試験を受けて巡査部長になり、警視庁への異動が決まっていました。まだ正式な辞令が出たわけではなかったのですが、岡田は自分のことのように喜んでくれたのを覚えています」

岡田逮捕時の記録には、萩原はまだ巡査と記されている。

「岡田は年齢が同じということもあって、片方が非番の時や休みの時間が合えば、良く一緒に飲みに行った仲です」

「……そんなに親しい同僚に手錠をかけるなんて、お辛かったでしょうね」

「ええ。椎名さんもお分かりになると思いますが、最初の交番勤務の同僚には、特別な親近感を持つものです」

真帆は交番勤務時代の顔ぶれを思い浮かべたが、素直に同意はできなかった。

「岡田が、あんな事件を起こすとは……それに、実は私も岡田の自殺には少し疑問を持っているんです」

別室に聞こえる可能性はないはずだが、萩原は少し声を潜めた。

被害者の女、菅野美波は、萩原もよく顔を合わせており、近所に住むＯＬであることは岡田共々承知していた。

最寄り駅に向かうために毎朝8時過ぎに交番前を通る美波は、必ず交番内に目を向け笑顔で会釈をした。小学生ならともかく、大人の女性の行為としては珍しく、しかも歳上らしく決して華やかではないがどこか色っぽい女性だったことから、萩原と岡田の間で良く話題に上った。他の交替要員はずっと年嵩（としかさ）の警官だったため、それは二人だけの間で交わされる息抜きにも似た話題だった。

「どこの誰かは知りませんでしたが、一度だけ、八王子駅近くの焼き鳥屋で偶然に会いました。向こうはカップルだったので、勿論、声かけなどはしませんでしたが、岡田はその二人の様子を見てひどく落ち込んでいたのを覚えています」

それが、事件の十日ほど前の事だったと言う。

「事件当日は当直明けの警官が帰った後、岡田が交番に残り、私は管内の巡回に出ました。昼近くに交番に戻ったのですが、岡田の姿が見えず自転車もなかったので何か事件の通報を受けて出動したのかと思いました。ですが……」

萩原が交番に戻った直後、北八王子署から無線が入り、交番近くから入った１１０番通報の現場に出動命令が出た。

萩原が通報者のアパートに着くと、若い男が二階から手招きし、慌てた様子で一番角の部屋のドアを指し示した。『ヤバいっす！　女の悲鳴がっ!!』

萩原は半開きのドアから室内を覗（のぞ）いた。

「人が倒れているのが見えて、よく見ると、誰かの上に警察官が重なっていました。下になっていた女性が顔を上げて助けを求めました。あの朝よく見かける女性でした。私が警察官を背後から取り押さえると……それは意識を失った岡田でした」

岡田は後頭部から出血をしており、萩原はすぐに救急車を要請、岡田は意識混濁のまま病院に搬送された。

「あの女性は、岡田が以前からストーカーに近い行為をしていて、小さな花束に名刺を差し込んで部屋の前に置いたりしたことがあったと言っていました。岡田が警察官だったこともあり、女性は穏便に解決しようと思ったらしく、名刺にあった公用携帯電話に、付き纏うなら警察に通報すると言ってきたらしいのです」

警察官の名刺は、真帆も持っている。勤務する所轄署の電話番号の他に、公用携帯電話の番号も記されている。

「それで岡田は逆上して部屋に向かったのではないかと……」

「萩原さんは、岡田から相談は受けてはいなかったんですか？」

真帆の問いに、萩原は少し笑いを浮かべた。

「まったく知りませんでした……そこまであの女性に執着していたとは驚きでした。気付かなかった私にも責任があるのかもしれません」

萩原は苦々しい表情で視線を真帆の背後の窓に移した。

「私は、岡田に親友のような親しみを感じていたのですが、そうではなかったようです」

真帆は、その言葉がエリートの巡査部長とヒラの巡査の壁を示唆しているようにも思えた。

それを察したかのように、萩原は言葉を続けた。

「まだ辞令が出る前でしたし、階級を意識して岡田と付き合ったことなど、私はなかったと思うのですが……」

友人ならば、それを意識するのは、階級が下の者だ。

萩原が体を少し屈(かが)め、テーブルの上で両手を組んだ。男にしては白くて細い指だ。

「そろそろ出所する頃だとは思っていました。服役中は、何度も面会を申し出たのですが、一度も叶(かな)いませんでした……」

「萩原さんは、さっき、岡田の自殺に疑いを持っていると仰(おっしゃ)ってましたよね？」

情緒的な話の腰を折り、真帆が切り出した。

「何故、そう思われるんですか？」

萩原が真帆に視線を戻し、笑みを浮かべた。

「岡田は、野心家で気の強い男でした。私が先に昇任したことを知ってからの岡田の勤勉振りは素晴らしいものでした。あんなに根性のある人間にはあったことがありません。岡田は最後まで否認しながらも刑期を全うしたんです。そこに、何か強い意思を感じます」

「強い意思……？」

「ええ。自殺するくらいなら、有罪に導いた被害者や検察に一矢報いてやろうと、思うのではないかと……まあ、私の単なる妄想かもしれませんが」

萩原は、少し口調を速め、真帆をじっと見た。

「椎名さんの他殺説を伺いたいです」


約一時間後、警視庁の正門近くの電話ボックス内で、真帆は吾妻に電話を入れた。

往来で会話するのが、真帆は未だに苦手だ。スマホの通話をする時も、できるだけ真帆は電話ボックスを探して中に入る。他人に言うとたいがいは笑われるが、落ち着いて相手の声を聞くのはこれがベストと信じている。

少し間があって、吾妻の不機嫌そうな声が聞こえた。

『おまえさ、アポ無しで本庁に行っただろ。俺はてっきり昨日のうちにアポ取ったと思ってたんだぞ』

「え？そんなの面倒臭いじゃない……って、何怒ってんの？」

惚けて見せた。萩原本人ではなくても、本庁から署長経由で新堂班に苦情が来たに違いない。

『ったく……ドヤされんのはこっちだからな、ちゃんと正規に手続き……』

スマホを耳から離し、少し待ってから耳に戻した。

案の定、吾妻の声はまだ続いている。

「それで？　何時にどこで待ち合わせる？　立川に行くんでしょう？」

吾妻の声に重ねて、声を強めてみた。

昼前に、吾妻と五年前の被害者女性の会社に行く予定だ。

『それがな、一応警察からとは言わないで在勤かどうか確認したんだけどさ……』

被害者の菅野美波、当時二十九歳が勤務していたのは、立川市内の化粧品販売会社だったが、二年前に計画倒産をしていたという。

「じゃあ、やっぱり直接住まいに行くしかないんじゃ……あ、携帯電話に」

『そんなの、とうにやってるよ！　当時のアパートの管理会社に連絡したら、案の定五年前に引っ越してるし、当時の本人の携帯電話は解約されていて、現在、彼女の名前で契約されている電話会社がないか調べてもらっているとこだ！』

一気に捲し立てて、吾妻が大きく息を吸う音が聞こえた。

どうして、この男はこんなにわかり易いのだろう、と真帆はため息を吐いた。

母親に勉強しろと言われた時の、中学生男子の反応に似ている。

少し前まで目の前にいた男とはまるで違う。

ほぼ同年齢で、同じ組織の一員には変わらないというのに……。

「で、そっちはどうだった？　警部さんとの面会はうまくいったのか？」

階級を意識するのは、階級が下の者だ……。

先刻、脳裏に浮かんだ言葉を思い出し、真帆は秋晴れの空に聳（そび）える本庁ビルを見上げた。

刑事の未来　II

芦川のデスクは、捜査一課のフロアの一番奥にある。

捜査一課は、事案の内容に応じて係りが細分化されており、殺人事件他、重大な事案を担当する強行犯の刑事以外は、ほとんどがパソコンでの仕事になる。軽犯罪は勿論、凶悪な事件に於いても、聞き込み捜査は所轄の刑事に一任することが多く、いわば、それらの情報の解析をして捜査の方向を指示するのが役目だ。

芦川の仕事も普段はデスクワークだ。過去の事案の捜査資料の整理が主に与えられた仕事だが、連続殺人事件や放火などが起これば、真っ先に課長から呼び出されることになる。

芦川には、警視庁に赴く時点で、内々に与えられた職務がある。

「特命捜査班」と呼ぶ公のものではない。

捜査一課長、沢渡警視正直々の命により、難航している事案の早期解決に至る早道を考案し、合理的かつ迅速な捜査を指揮するというものだ。

けれど、実際には、遂行できなかった場合の沢渡の責任を背負うという立場でもある。沢渡にとっては、事件が未解決に終わろうが、それほど大きな問題ではない。ただ、定年までできるだけ汚点を残したくないということなのだ。

そういう芦川を、捜査員たちの中には『課長の犬』と陰口を叩く者も少なくなかった。沢渡の思惑など、どんなに愚鈍な者でも分かる。

犬で結構。

縦社会の中に身を置けば、上を目指すのは当たり前のことではないか。

当然キャリア組の者たちより努力が必要だが、その努力が必ずしも報われる保証はこの組織にはない。地道な努力など、誰の目にも留まらない。上を目指すからには、上の目に印象を残すことが大事なのだ。

「芦川、ちょっといいかな……？」

昨日中断していた捜査資料を作成していると、少し遠くから沢渡の声が飛んで来た。手招きする沢渡に応じて席を立ち、幾つかの視線を感じながら、沢渡の後に続いて室外に向かった。

面談室の窓からは、昨日の台風で葉が疎らになった銀杏の樹が見えていた。

「副総監の依頼の詳細は、私にはまだ報されていないんだが……？」

「申し訳ありません。副総監の私的な依頼なので、他言無用とのことでした」

沢渡は心外だとばかりに顔をしかめた。

「やはり私にも言えないということか……まあ、最初から内密に君を貸して欲しいとしか言われてはいなかったんだがね」

自嘲気味に薄ら笑いをしながら、沢渡は薄くなった髪を撫で付けた。

「申し訳ありません」

「まあ、いい……が、私が承知しないことは、何があっても私は責任の取りようがないということだけは言っておく」

いつものことではないか……何を今更、と芦川は軽く頷いた。

「それと……一課が出番の事案が起こった場合は、こちらを優先してくれないと困る。それは副総監には伝えてあるがね」

「はい、承知しております。副総監もそのように仰っておりました」

早くこの馬鹿げた芝居を終わらせたいと、芦川の気持ちは苛立った。

副総監の依頼は急を要する内容ではないが、速やかに終わらせなくてはならない。

しかも、一人でどこまで応えることができるのか、芦川にはまだ分からなかった。

定年間近で保身に走る男に構っている時間は、芦川には無い。

何かを言おうとする沢渡の口元を見て、素早く腰を上げる。

「では、よろしくお願いします」

内心とは裏腹に、芦川は深々と頭を下げた。

沢渡の背を見送り、芦川は窓辺に立った。

沢渡と共に一課のフロアに戻るのを避けたかったこともあるが、自分に課せられた難題にどう対処したものか、ゆっくりと考えたかった。

昨日の副総監との面談後は、足立区で起きた殺人事件の書類作成に追われ、帰宅したのは深夜だった。

泥のように眠り、早朝の電車に揺られてまた眠り、けれど、霞ケ関駅の階段を上がるころには、自然と体に力が蘇っていた。

他人に自慢するような華やかな日常ではないが、本庁に籍があるという誇りがある。

しかも、今日からしばらくの間は、ある意味自由だ。

『良い報告が聞けるまでは、好きに動いてもらっていい。不都合があれば、私の名前を出してくれ』

副総監の依頼は、ある人物の内偵調査だ。

話を聞くうちに、それほど大袈裟な依頼ではないとは思ったが、副総監の指示には、解せないことも多かった。

公の捜査として扱う事が不可能ならば、知人であるという依頼者自身が民間の調査会社を使えば済むことだ。

それができない理由は何か……。

考えられる理由は二つ。

ひとつは依頼者に経済的な余裕がない場合。

残るひとつは、捜査対象が犯罪に関わっている場合である。

『それは君の想像に任せる。どちらにしても、君の立場は私が守る』

副総監の言葉を鵜呑みにしたわけではない。下手をすれば、全ての責任を負い、懲戒免職になる恐れは十分にある。

それでも、芦川は久しぶりの高揚感に酔い痴れていた。

いつまでも課長の犬でいるわけにはいかない。

芦川には、自分なりに目指す頂上があった。

しばらく窓外の景色を眺めて気持ちを落ち着かせる。

ようやく室外に踏み出した時、ロビーの正面玄関へのガラス戸に消えて行く一人の姿に気付いた。

「椎名……？」

確かではないが、その後ろ姿に覚えがあった。

刑事の使命　Ⅲ

荻窪東署では、吾妻が苛立った様子で真帆を迎えた。

刑事課の新堂班ブースに、他の姿はなかった。

新堂はともかく、古沢と顔を合わせるのは避けたかった。

吾妻とコンビを組む前は、二十以上も歳上の古沢と捜査にあたっていた。

教わることは勿論多かったが、根本的なジェネレーションギャップは埋めようがない。

班長の新堂の許可を得た捜査とはいえ、上からの圧力があったとすれば、古沢から嫌味を言われるのは必至だ。

「で、居場所は分かったの？」

五年前の被害者、菅野美波のことだ。

「そんなに簡単には分かんねーよ。一応前科者リストやSNSも検索してみたけど……」

以前の住所の管理会社に転居先の記録はなかったので、とりあえず都内の行政機関に班長から書類を出してもらったという。

個人の現住所を調べるためには、刑事訴訟法の規定に基づき捜査関係事項照会書を作成する必要がある。役所から回答が来るには、数日かかる場合も多い。

新堂なら、それを短縮する手段を知っている可能性もある。

「都内にいるとは限らないじゃない。海外の可能性だって……」

「それより、これを見てみろ」

吾妻はデスクのパソコンを指し、マウスを動かした。

防犯カメラの映像が即座に現れた。

「岡田の自殺現場近くのコンビニの防犯カメラだ」

モニター内に、コンビニの正面からの映像らしき仄暗い道路が映っている。

雨はまだ小降りの様子で、画面の時刻表示は6時02分を刻んでいる。

すぐに、画面左から小走りで横切る人影が映る。

昨日会った現場監督と同じような作業着を着ているように見える。

「これは、警備に最後に来た作業員が戻るところ……？」

――と、11分21秒に全身黒ずくめの人物が右から現れ画面を横切った。

「これって……岡田？」

吾妻は答えず、顎で画面をしゃくった。「いいから、見てろ……」と画面を送り、時刻表示が6時37分辺りで手を止めた。

雨脚が前より強まっていて、さっきの人物と同じ方向に向かい、もう一人の人影がやはり右手から足早に画面を横切った。

「あ……」

「おまえの推理が当たっていたら、こっちが岡田だろうな」

「傘を差しているものね……」

映像を拡大鮮明化する。雨と半透明の白いビニール傘の陰で顔ははっきりとは分からないが、岡田の服装に似ている。

「前に通った人物をもう一度見せて」

吾妻が映像の巻き戻しをして拡大する。

が、黒いマウンテンパーカーのフードを被って（かぶ）いて、特徴を捉える（とら）ことは難しい。

「この人は傘を差していないね……」

「ま、近所に住むヤツが朝帰りしたって可能性もあるし、この時間はまだ小雨だからな」

「だね」真帆は吾妻の顔を見上げて嫌味な声を出してみせた。

でも……と、真帆はすぐに笑いを消した。

「これで、岡田の自殺はやっぱりおかしいってことよね。この白い傘、どこにもなかったんだもの」

「この傘を差した人物が、岡田と証明されたらの話だな」

これが岡田だとしたら、この直後に岡田は死んだことになる。死亡推定時刻に矛盾はない。

しばらく流れている映像には、少しずつ明るくなってくる道路に、左手からチラホラと数人の人影が通り過ぎて行く。

勤め人風の男女や学生らしき姿が、激しい雨がアスファルトを叩き付ける中、傘を斜めに翳している。

時刻は7時過ぎ。

「何まだ見てんだ？　班長とフルさんが会議から戻ってくる前に出掛けようぜ」

「ちょっと待って……」

真帆は岡田の死体が発見された9時台まで映像を早送りする。

数人の男女が傘を差して通過した7時過ぎからは、右手からコンビニに出入りする僅かな人の姿があるだけで、左手からの通行人は見られない。

現場のビルがある左方向は、ビルから100メートルくらいで行き止まりになっていて、その間には小さなマンションや戸建てが数軒あったことを思い出す。

つまり、現場の先は袋小路であり、マンションや戸建ての住人以外に早朝に通る人間はいないはずだ。

吾妻が言う『朝帰りの男』は、あの界隈の住民ということか……。

遺体発見者の現場監督が合羽姿で9時半過ぎに通り過ぎ、録画映像は10時丁度で切れた。

真帆は再び6時台の映像を再生する。

どうしても、あの黒ずくめの男が気にかかる。

再び7時過ぎの映像まで早送りした時、真帆の手が止まった。

先刻は流してしまった、勤め人や学生が傘をさして駅の方へと向かう映像だ。

「ね……この傘って」

真帆の指先が、通行人の中のひとつの傘を指した。

「ん……？」

その傘は、岡田らしき男が持っていたものと同じような半透明の白い傘だ。

「こんなの、どこにでもあるじゃん。俺んちにもあるぜ」

「違うの」

真帆は素早く、最初の動画に戻り、岡田と思われる男の傘を拡大した。

ぼやけてしまうが、傘のカバーの隅に黒い何かのマークが描かれている。

「何のマークだ？」

「いい？　良く見てて」

真帆が再び7時過ぎの出勤風景に戻し、白い傘を拡大する。

そのカバーの一部に、黒い何かが描かれていた。

「ね……同じマークに見えない？」

「……良く分かんないな。それが同じマークだとしたら、これがおまえの拘っている岡田の失くした傘ってことか？」

「そりゃ都合が良過ぎるんじゃねえかい？」

いきなり背後に古沢の声がした。

ギョッとして振り向くと、いつの間にか班長のデスクに新堂の顔もある。

「だって……ですが、これが同じ傘だとしたら、この男が岡田を殺害した可能性だって……」

「おまえは、他殺を疑っているんじゃなくて、他殺にしようとこじつけてるだけなんだよ！　ったく、班長と俺がどんだけ署長に気を遣ってるか考えろっ！」

思わず反論する真帆に向かい、古沢は声を荒らげた。

「え……？　班長、署長が何か？」

吾妻が慌てて新堂に駆け寄った。

「ん……どうも、今回は本庁が素早い仕事をしてくれてね……」

普段の新堂なら、こういう遠回しな言い方はしない。

新堂は深くため息を吐いてから言った。

「今朝、岡田は自殺ということで処理されてしまったらしいんだ」

「そんな……」

真帆の両足から力が抜ける。

「司法解剖の結果からも他殺が疑われるものはなかったということだ」

仕方ないなという感じで、新堂は肩を竦めた。

「さ、一件落着。おまえらは元の仕事に戻れ」

吾妻が舌打ちする小さな音が聞こえた。

諦めきれずに新堂に近寄ろうとした時、真帆のポケットで私用のスマホが震えた。


『悪いな、仕事中に……』

メールが苦手な博之は、時々いきなり電話をしてくることがあった。

今までの電話はこれといった用事があるわけではなく、真帆の健康状態を気遣うことや、自身の健在を報告するためのようだったが、いつもは真帆が帰宅している夜の時刻に多く、今のように昼間の勤務時間帯にかけてくることはなかった。

「お父さん……？　どうかした？」

真っ先に浮かんだのは、曜子の顔だ。

「まさか、伯母ちゃんに何か……？」

『いや、そうじゃないんだ。今夜狛江に行くと曜子には言っておいたんだが、やっぱり外で話した方がいいかなと思って……今日は何時に上がれるんだ？』

「私も電話しようと思ってたんだけど……」

何の話か……まさか再婚とか？

あり得ない話ではないが、それなら、曜子が先に情報をくれるだろうと思う。

「いい話？」

少し沈黙があり、『いや……ちょっと真帆に頼みたいことがあるんだ』と、硬い声で言った。

博之の声に混じり、アナウンスの声が聞こえた。

『間もなく、品川に到着いたします。今日も新幹線をご利用くださいましてありがとうございます。品川を出ますと、終点東京です……』

新幹線……？

「お父さん、今どこにいるの？」

『あ、じゃあ、新宿西口改札に6時頃に……無理なら……』

と、ガサゴソという雑音がして電話が切れた。折り返すが出る様子はない。

博之はショートメールさえ気付かないことが多かった。

そろそろガラケーを卒業してもらわなければ、と真帆は思った。

「じゃ、俺、早上がりするわ」

返事をする前に、吾妻は真帆の横をすり抜けて足早に刑事課を出て行った。

吾妻の魂胆は分かっている。これ以上真帆に付き合い、面倒な展開に巻き込まれたくはないのだろう。

古沢と新堂も、すでに別の案件の会話をしている。

真帆も一旦気持ちを切り替えようと、壁にかかる時計を見た。４時40分過ぎ。

「班長、私も今日は早退します」

新堂が視線を合わせ、片手を上げた。古沢は予想外に反応を見せず、新堂に向かって何やら話を続けていた。

自殺と処理された案件にいつまでも関わり合っている余裕は、新堂班にもないのだ。

既に下降し始めていたエレベーターを諦め一階への階段を下り始めると、下から上がってくる［吾妻のカノジョ］に気付いた。

「お疲れさまです……」と、相田那奈が真帆に笑顔を向けてくる。

軽く返事を返してすれ違うと、微かに、あのコロンの香りを感じた。

那奈のデスクは一階のはずだ。五階まで階段を上がってきたのか……二十三歳だと聞いていた。さすがに若いな、と真帆が思って踊り場で振り返った時、何故か足を止めて見下ろしていた那奈と目が合った。

「え？……ああ、吾妻巡査ならさっき早退したけど？」

すると、那奈は悠然と微笑み、「ええ、連絡がありました。今日は私の誕生祝いをしてくれるって……」

那奈は目礼し、階段を上がって行く。

〈何なんだ、今の会話……？〉

真帆が若い女子の真意に疎いのは今に始まったことではなかった。

那奈の意味不明な仕草や言葉も良く理解はできないが、那奈が署内での評判とは別の顔を持っていることは知っている。

だいぶ前のことだが、窃盗事件の捜査から署に戻り、一階の女子トイレに直行した時のことだ。

個室に籠(こも)っていると、二人の女子の軽い笑い声が響いてきた。

『それって、ヤバいって……』

『平気よ、二股(ふたまた)なんて当たり前じゃん』

答えた那奈の声に、真帆はすぐに気付いた。

『刑事って言っても、キャリアじゃないしね……やっぱり医者の卵の方が良くない？』

『じゃあ、あの刑事は早く別れちゃえば？』

『ん……てか、あの女刑事にみすみす取られるのもシャクなんだよね』

あの時の那奈の言葉を思い出す。

キャリアじゃない刑事は吾妻のことで、女刑事は真帆のことだ。

〈女子高生かよ……若いっていいね〉

あの時は腹が立ったけれど、今の真帆に同じ土俵に上がる気は毛頭ない。

第一、相手が吾妻だとしたら、見当違いも甚だしい。

〈みすみす頂いても困るんだよね……〉

確かに吾妻との相性は悪くない。けれど、吾妻に恋愛感情など抱いた事はなかった。

同い年のせいか、ちょっと気の合うクラスメイトという感じにしか思えなかったが、あの時の那奈の声を聞いた時から、真帆は吾妻との距離を僅(わず)かだが意識するようになってしまった。

迷惑な話だ。だから、あの手の女子は苦手だ、と真帆はつくづく思う。

そして、こういう事が女子の職場に多い現実ならば、真帆は今更だが刑事になれたことを幸せに思う。

古参のオヤジには怒鳴られ、同僚にも軽んじられるとしても、まだマシだ。

以前は毎日のように転職を望んでいたが、今の真帆は違った。

刑事の仕事が好きでたまらない、ということではない。

仮に失職するようなことがあるとしたら、英検二級の資格を生かせる職探しをすれば良いと、頭の隅で保険をかけている自分がいた。

ただ、事件の結果に納得がいかないにも拘(かかわ)らず、何もできない立場であることは歯痒(はがゆ)かった。

積極的に上の立場を目指すつもりはまだないが、刑事であるなら、自分なりに刑事の仕事を全うしたいと真帆は思うようになっていた。

博之が指定した6時にはまだ早かったが、30分後、真帆はすでにJR新宿駅西口に着いた。

　約束までには数十分の余裕があったが、改札口近くの柱の傍に、博之の姿がすでにあった。

　大勢の人の流れを泳ぐようにして博之に近付くと、気配を察したかのように、博之が顔を上げて微笑んだ。

「何か食べるか？」

　博之に会うことは、曜子にはメールで伝えておいた。

「伯母ちゃん、お父さんが来るからって嬉しそうだったのに……」

　何か曜子の耳には入れたくないような内容なのか……。

　まさか、二十数年前に刺殺された母のことではないだろうな、と真帆は不安になった。半年ほど前、バーで博之と初めてグラスを傾けた時、真帆はあの事件の全てを博之から聞き出すつもりでいた。

　事件前の、真帆が失くした記憶。真帆が失くした母の記憶の全てを。

　けれど、博之は自ら語ることはなく、真帆も問うことはできなかった。

　二人とも、初めての親子の時間を大切にしたかったのかもしれないが、あれからも博之とは言葉を交わす時間はあったにも拘らず、真帆の記憶は空白のままだった。

　先に歩き出した博之は、慣れた足取りで家電量販店裏の小路を進み、古そうな店構えの蕎麦屋の暖簾を潜った。

その界隈には、真帆が帰宅時に独り呑みをする居酒屋もあるが、蕎麦屋の存在には気付いたことがなかった。

「ずいぶん、古そうなお店だね……？」

席数も少なく、土壁風の壁のクロスはすっかり黄ばんでいるが、卓は良く磨かれていて、蕎麦茶を運んできた店員の前掛けも、真っ白で糊が利いているようだった。

鴨せいろをふたつ注文してから、真帆は博之を促した。

近況報告や世間話をするために、わざわざ博之が呼び出すわけはない。

「頼みたいことって……お金のこととか？」

「娘に無心するほど落ちぶれてはいないよ」

すると、博之は珍しく声を上げて笑いながら首を振った。

「ごめん……だって、伯母ちゃんには聞かせたくないみたいだったから」

「いや……説明不足だった俺が悪い。さっきは電波が悪くて……」

真帆は先刻の電話で、博之の背後に流れていたアナウンスを思い出した。

「あの電話、新幹線の中からだったよね？」

「静岡の三島に行ってきた……昔の知り合いに会ってきたんだ」

「三島……？」

珍しいことだと真帆は思った。

二十年以上、知り合いとの関わりを絶ってきた博之だ。

真帆は博之の次の言葉を待った。

「昨日、高円寺で元警察官の自殺体が見つかっただろう？」

「え……何でそれを」

岡田が自殺したことは、まだ公にはなっていない。

マスコミに漏れるのは時間の問題だろうが、テレビで取り上げない限り、スマホも持たない博之が知るのはまだまだ先のことだ。

「あ……班長から？　でもどうして……」

「死んだ岡田亮介は、三島にいる知り合いの息子なんだ」

「うそっ！」

思わず声を強くした真帆に、隣の席の老女が険しい目を向けた。

「どういうこと……？」

声を潜め、博之に顔を寄せる。

「岡田亮介の父親は、調布の交番勤務時代の同僚なんだ」

調布の交番というのは、真帆が八歳の頃まで博之が勤務していた所だ。

そして、あの忌まわしい事件があり、博之が辞職せざるを得なかった苦過ぎる思い出の舞台のひとつだ。

真帆の上司の新堂も、同時期に博之の後輩として勤務していた場所でもある。

「岡田は、十年前くらいに体調を悪くして警察を辞めていたらしいが、息子が自殺するはずがないと、岡田から新堂に電話があったそうなんだ」

自殺者の親族の中には、同じように再捜査を求める者も少なくない。

だが、そのほとんどは、親族の思い込みであったり、遺産相続の揉め事によるものが少なくない。たとえその中に事件性の匂いがあったとしても、現場や解剖時に確実な証拠が見つからない限り、検視の結果を覆すことは不可能に近い。

「新堂の話だと、真帆も自殺を疑っていると……」

「うん……でも、さっき班長は、この件は自殺と断定されたからと」

「昨日、遺体の身元が割れた時点で、本庁か、もっと上から圧力がかかったんだろうと新堂が言っていた……表向きは自殺と納得したふりをしないと、新堂どころか署長の首も危ないからな」

一人の元警察官の死の判定に、本庁や警察庁上層部から圧力がかかるとは、どういうことか。

「岡田さん……つまり、お父さんの元同僚って、今も警察関係に関わっているとか？」

「いや……しばらくは警備会社の事務をしていたらしいが、あの事件の後に体調が悪化して、今は三島の市立病院に入院している」

「だから、三島に……病気って？」

博之は、顔を曇らせた。

「末期の膵臓癌だと言っていた。会話も辛そうだった」

「……そうなんだ」

「とりあえず詳しい話を聞こうと思って、会いに行ってきた」

「班長に頼まれたの？」

「いや、はっきり言われたわけじゃない。俺も岡田に会いたかったし……」

会いたかったというのは本心だろうが、自殺じゃないと何故思うのか、博之は気になったに違いない。

警察官時代、刑事になるために努力をしていた博之だ。

〈私なんかより、きっと刑事の勘は優れているのかも……〉

蕎麦が運ばれてきて、一旦二人は口を閉じ、店員が下がるのを待った。

「で、岡田さんは何故そう思ったって？」

「出所して二日目くらいに、息子が三島に見舞いに来たらしい……」

岡田は、父親が想像していたより、ずっと明るくて健康そうだったという。

「過去は捨てて、新しく生き直すと言ったそうだ。仕事が決まったらまた報告に来ると……」

それから十日ほど経ち、岡田から父親の携帯に電話が入った。

「二日前……自殺する前日の朝だ」

「なんて？」

「就職できそうだと話したそうだ」

電話は公衆電話からで、父親の携帯電話にかかってきたということだ。

「五年前の事件のことは忘れて、しっかり働くから安心してくれと……」

父親はその時の亮介の声に、過去を振り切る決意を感じたという。

けれど、翌日の自殺当日の朝8時過ぎ、父親は届いていた亮介からのショートメールに気付いた。

着信は6時58分。

「メール？」

「まだ、父親が寝ているだろうと電話はしなかったのかもしれない」

「何て書いてあったの？」

「刑事になれなくてごめん……って」

博之は、さらりと言い、ようやく箸を割った。

博之が差し出した古い写真には、交番を背に並んで笑う三人の警察官が写っていた。

博之と新堂、そして、残る一人の男を博之は指して言った。

「これが岡田亮介の父、岡田正和だ。俺より二歳下だったが、誰よりも勉強家だった」

亮介は警察官である父親に厳しく育てられた。

父親も一時は刑事を目指していたが、妻が病弱で入退院を繰り返していたため、三歳上の姉と亮介の生活を考え、勤務が不規則になる刑事の職は諦めざるを得なかった。

博之が調布南署桜丘二丁目交番に配属されてすぐに、亮介の父親も交替要員として他の地域から転属された。若かった新堂が警察学校を経て配属されたのも同時期だった。

「それまでの警察官が定年や昇級で署に戻されて、代わりに俺たちが配属されたわけで、三人とも地域に馴染むまでにけっこう苦労したんだ……嫌でも、絆は深くなるさ」

桜丘町は、古くからの住人が多い地域だ。今はマンションが立ち並び若者たちの移住も見られるが、二十数年前は住人同士の結束が固く、交番勤務の警察官を下僕のように扱って当然と思う老人もいたという。

「だが、半年も経つ頃には、管内の住民とは親しくなれた。三人とも、真面目に働いたからな。特に岡田は、非番でも自分の子どもたちを連れて高齢者の買い出しに付き合ったりしていた」

岡田の息子は、そんな父親を尊敬して警察官になったのか……？

真帆の考えを読み取ったように、博之が箸を置いてため息を吐いた。

「亮介君は、あの頃は保育園に通っていたと思うが、岡田が言うには、中学生くらいから荒れ出して、高校もろくに行かなくなったらしい」

「でも、経歴には私立R大卒業とあるよ」

真帆は、博之の話を聞きながら、鞄からタブレットを取り出していた。

「母親が亡くなったことが関係しているんだろうと……元々頭が良かったらしいが、公立受験の準備には無理があって、その大学には特待生として合格したらしい」

自分に似ている、と真帆は思った。

が、それは真帆が卒業した大学よりずっとレベルの高い大学だった。

政治経済学部卒業とある。

「何で、警察官になったんだろうね」警察官になんか、とは言わなかった。

「性格的に企業勤めには向いていなかったらしい……」

それに……と、博之が真帆の目を少し見つめてから頬を緩めた。

「父親が、刑事になりたくてもなれなかった無念さには気付くことはできただろうな」

「三島って、どんな街？　前にも行ったことあるの？」

真帆は話題を変えた。

言いながら、真帆の頭の中は別のことに囚われていた。

〈遺書のようなメールがあったということは……〉

「沼津には行ったことがあるが、三島は初めてだ……静かでいい街だよ」

真帆の興味は別にあると感じたのか、博之は凡庸なセリフで口を閉じた。

「お父さん、三島の岡田さんの携帯番号……」

全部言い終えないうちに、博之は卓の隅に数字を書いたメモを差し出した。

すでに渡すつもりで書いておいたのだろう。

「亮介君は前日に公衆電話から電話をしてきたんだ。携帯やスマホを所有していたとは考えにくい。自殺当日にメールを送った携帯の持ち主が分かれば……」

「うん。他殺の疑いも濃くなる」

「それと、これを岡田から預かった」

博之は、分厚いクリアファイルを鞄から取り出した。

「岡田が、この五年間、息子の無実を信じて調査した記録書のようなものだ」

「調査って……？」

「岡田はあの事件の後に病気を悪化させてしまったんだが、自分なりに冤罪を証明しようとしていたらしい……だが担当弁護士も相手にしてくれず、長女からも事件を蒸し返すようなことは止めて欲しいと言われたそうだ……でも、岡田は諦められなかったんだ」

二審後も父親は何度も面会に行き上告を勧めたが、岡田亮介が頷くことはなかったという。

「何故だろうね、否認しているのに上告しなかったのは」

「岡田も、そのことを一番疑問に思ったらしいが、亮介君は何も答えてくれなかったらしい」

「親にも言えない何か……特別な事情があったってことよね」

「亮介君の遺体は引き取り手がいないらしいが……不憫だな」

「だから尚更、どうして遺体で発見されるようなことになったのか、調べないとね」

顔を上げると、博之が目を細めて頷いた。

「岡田の代わりに、ちゃんと誰かが迎えに行ってやらないとな」

真帆も頷き、公用のスマホを取り出した。博之が片手で制した。

その動きの意味を悟ったように、博之が片手で制した。

「新堂には連絡してある。真帆に任せると言っていた……調べてくれるか？」

任せるとは、勝手に捜査しても黙認するという意味だろう。

「よろしく頼む。岡田には時間がない……勿論、無理はしないで欲しいが」

「了解！　できるだけのことはやってみる」

ようやく口に入れた蕎麦は伸びきっていたが、どんな食事よりも自分に力を与えてくれた気がした。


明朝、早い時間から仕事に出るという博之と別れ、真帆は行き付けの呑み屋に一人で向かった。

普段は息抜きのための一人呑みだったが、今日は違う。

今までに得た情報を整理し、明日からの動きを決める必要があった。

今時の女子ならば、こんな場合はカフェを利用するのだろうが、真帆は苦手だ。

一度だけ書類の整理をしにカフェに入ったことがあるが、窓に面したカウンター席しか空いておらず、通路に背を向けた状態でパソコンやタブレットを開くことができなかった。他人に読まれる心配など無用なことだろうが、一応公文書でもある。うっかり他人の写メに画面が写り込んだりしたら大事になる。

というより……小さなカフェは別としても、お洒落な社員食堂のような賑わいが落ち着かないのだ。

呑み屋は雑居ビルの地下にあり、十人ほどで満席になるカウンター席だけの狭い店だ。何が売りということもなく、いつ閉店になってもおかしくない店だが、一人で静かに呑むには絶好の環境だ。店主も無口なオヤジで、カウンター越しに話しかけてくることはほとんどない。

今日も真帆を入れて客は三人だ。ＢＧＭも無く、それぞれが寡黙にビールや日本酒をチビチビと飲んでいるが、殺伐とした雰囲気ではない。

一番奥の席が幸いにも空いていた。この席に先客がいる時は、もう一軒の他の店に行くことにしている。

注文は？　という目を向けてくるオヤジに、レモンサワーと蛸の唐揚げを頼み、真帆は博之から預かったクリアファイルを取り出した。

中には、五年前の事件翌日の新聞や週刊誌の記事の切り抜きの他に、直筆のメモやレポート用紙が丁寧にファイルされている。

マスコミ関係の記事が少ないのは、やはり現職警察官の犯行ということで報道全般に圧力がかけられたのかもしれない。

父親のメモやレポート用紙に書かれた文字は、その人柄を表すかのようだった。

生真面目、実直、堅実そのものを表すような、四角くて整った文字だ。

日記のような形式で書かれたものもあるが、行動の記録はほとんどが箇条書きだ。

何枚かを繰って、真帆はあることに気付いた。

『4月24日　菅野美波を訪ね、和解を求むも拒絶される。今回もKが立ち会う』

『4月25日　菅野、退社。転居先不明。Kに調査依頼』

『7月12日　Kと面談』

『9月29日　弁護士と相談。最高裁への上告を亮介は拒否。Kに報告』

他にも、被害者の実家やその周辺の聞き込みを行った様子を記した用紙が十数枚ファイルされていたが、それらに目を通していくうちに、記されているKの文字が気になった。

岡田亮介の家族構成は、父親の正和、姉の真智子の三人家族だ。

真智子という文字も所々に記されている。

『久我山から電話有り。所沢も同意見だと伝えてきた。兄妹なのに薄情な奴らだが、逆の立場なら自分も同じことを言っていたかもしれない』

とあるように、縁者は氏名ではなく所在地で記されている。

アルファベットで記されているのはKだけだ。

〈名字の頭文字……？　だとしたら何故、この人物だけが頭文字？〉

カウンターの中から太い腕が伸び、目の前にレモンサワーのグラスが置かれる。続いて蛸の唐揚げの皿も置かれるが、店主は何も言わない。

レモンサワーを一口啜り、真帆は博之から受け取ったメモを取り出した。

時刻はすでに21時近くになっていたが、記されている電話番号を登録し、ショートメールを入れた。

《相沢博之の娘です。お預かりした調査書にあるKのフルネームを教えてください》

無論、この時刻での返信は期待していなかったが、案の定、追加した揚げ出し豆腐を食べ終わる頃になっても、返信は来なかった。

その夜、真帆が自宅の外階段を上がったのは、22時を過ぎていた。

キッチンには珍しくすき焼き鍋が出ていて、ネギや春菊が盆笊に盛られていた。

曜子が博之の来訪を楽しみにしていたことが良く分かる。

けれど、曜子の姿は無く、ラインを入れると直に返信が来た。

《つまんないから、ヒマワリで飲んでいる》

「ヒマワリ」とは、都営団地の一階にある古いスナックだ。

了解のスタンプを返し、シャワーを済ませて自室のベッドに横になった途端、公用のスマホが鳴った。

発信者の名前を見て、真帆は気のない声を出した。

「何？」

『何って、何だよ……あれから何か分かったか？』

吾妻が不満そうな声を出した。

「あんた、もう関わりたくないんじゃないの？」

『……俺だって一応刑事だ。自殺で納得したわけじゃねえよ。どうせおまえはまだ調べる気だろ？』

「当たり前じゃん」

じゃあね、と切ろうとすると、吾妻が慌てて声を張った。

『だからっ！　俺も手伝うってば！』

少し間を置いて、真帆は軽く笑った。

「定時じゃ帰れなくなるかもよ。いいの？」

『当ったりめぇじゃん』

「で、今日はカノジョの誕生日でしょ？　いいの？　仕事の話なんかしてて……」

『何で知ってんだ……っていうか、俺、今一人だし』

「フラれたの？」

『あり得ねーよ！　今日は女子会だって言うから……』

これ以上の会話は無駄だと思い、真帆は「はいはい」と電話を切った。

しばらく考え、《明日、新宿西口のサボイアに8時半に》とメールを送信した。

喫茶「サボイア」は、以前一度だけ、その時の相方と打合わせに使ったことがある。新宿では有名な老舗(しにせ)の喫茶店で朝の7時から営業している。

検索すれば吾妻も迷うことはないはずだが、一応URLを貼り付ける。

すぐに、《りょ!》と返信が来る。こういう素早い反応も相方としては好ましい。

吾妻は再び巡査部長への昇任試験にトライするはずだ。

自殺と処理されようとしている事案を極秘で捜査していることが分かったら、新堂が責任を負うとは言ったものの、一定期間の停職はあり得る。二回目もまた不合格になるのは必至かもしれない。

吾妻もそれを分かっていないわけはない……。

少しだけ胸の真ん中が温かくなり、真帆は慌てて電気を消して布団に潜り込んだ。


純喫茶「サボイア」は、真帆の想像よりはるかに客は少なかった。

朝の8時過ぎ。モーニングサービスがあるこの時間は普段なら外回りのサラリーマンや新聞や雑誌を読む中年男の姿が多く見られるのだが、真帆と吾妻の他に、客は三組ほどだった。

理由はすぐに分かった。以前は喫煙可能だったが、いつの間にか全席禁煙の表示が店内のあちこちに貼られていた。

けれど、何十年も染み付いた煙草の匂いは歴然と残っている。

「おまえ、この店、良く来るのか？　オッサン御用達の喫茶だろ？」

「いいじゃん、どうでも……分かり易いかな、と思ったのよ」

「分かり易くねえよ……アプリどおりに来たけど中華屋かと思った」

吾妻の言うように、確かに入り口は古い中華料理店のような味わいがある。

トーストを齧る吾妻に、昨日の博之の話を伝える。

「だから、班長はおまえの言い分を聞き入れたんだな」

吾妻が安心したような笑顔になった。

「岡田の父親から直接電話があったんだもの、班長だって自殺で片付けるわけにはいかないじゃない」

「そうは言っても、自殺として片付けた事案を大っぴらに捜査するわけにもいかないしな」

新堂や古沢が動けば、署長や課長からお咎めがあるのは必至だ。

たとえ署長が口を出さずとも、本庁から圧力がかかるのは時間の問題だ。

どこの部署の誰かは知らないが、この荻窪東署にも上に繋がる内偵者は必ずいるからだ。

「とりあえず、今までに分かったことを整理してみた」

自分の脳内の整理のため、真帆は事件の捜査に当たる時は必ず文字で整理することにしている。

真帆はタブレットを吾妻に差し出した。

・岡田亮介は五年前に強制わいせつ致傷罪で逮捕起訴され、否認のまま服役。
・四年八ヶ月の服役を終え、出所後、三島の父親に会いに行く↓健康、前向き。
・死の前日に《就職が決まった》と電話あり↓公衆電話より。
・解体中のビルで首吊り自殺↓台風状況と遺体の矛盾↓他殺？
・亮介の冤罪が事実だとしたら、嘘の供述をした女の真意は？
・服役中に父親が記録した時間経過の中に、Kという人物の存在。

「このKという人物が誰なのか気になるのよ」

三島市の病院に入院しているという岡田の父親からは、まだ返信は来ない。

この店に着いて吾妻を待つ間、真帆は直接電話を入れてみたが、着信に気付かないのか、あるいは出られないのか、留守番電話の設定もされてはおらず、コール音が続くだけだった。

「じゃあ……俺が三島に行ってくるから、おまえはガイシャの女の聞き込みを頼む」

「え……菅野美波の所在がわかったの？」

「分かったら、今こんなとこにいないって……」

「何も情報がないんだったら、岡田の出所後の足取りを追うのが先じゃないかな」

今のところ、岡田は出所した二日後に三島の父親に会いに行ったということしか分かっていない。府中の刑務所を出てから死亡するまで、どこで寝泊まりをしていたのか……。

就職が決まったという話が本当なら、他人とどこかで接触したことは間違いないのだ。

「なぜ岡田は否認しながらも上告しなかったのか、そこが一番気になるんだよね……」

そして、菅野美波の証言が真っ赤な嘘だとしたら、なぜ岡田を罪に陥れる必要があったのか。

「死人に口無しだろ。生きてる方を探し出すのが先決だと思うけど……ま、言ってもどうせ聞かないもんな、おまえ」

バカにしたような口調に少し腹が立つが、ここはグッと我慢する。

自ら、三島に向かうという吾妻の機嫌を損ねるわけにはいかない。

余命僅(わず)かな岡田の父親に会いに行くのは、真帆には荷が重過ぎる。

今朝、家を出る時に曜子はまだ就寝中で、占いの結果も聞いてはいなかった。

おそらく、結果は知らない方が良いかもしれなかった。

「岡田が出所してからの足取りを調べないとな。誰と接触したか、どこに寝泊まりしていたのか……とりあえず、府中駅あたりの防犯カメラから調べてみろよ。俺は父親から交遊関係を聞き出してくる」

じゃあな、と吾妻は立ち上がると早足でガラス戸の外に姿を消した。

〈あ……やられた〉

単独捜査の必要経費は、もちろん自腹だ。

テーブルに残された伝票を掴(つか)んで腰を上げた時、鞄(かばん)の中で私用のスマホが鈍い音を立てた。

刑事の未来　Ⅲ

耳の中に、久しぶりの声が響いてくる。

『あれ……どうしたんですか？　芦川さん』

屈託のない椎名の声は、一瞬だけ芦川の思考を停止させる。

「いや……昨日、本庁で椎名を見かけたような気がして」

途端に、弾けるような声が鼓膜に響いてくる。

『うっそぉ！　私も芦川さんを見かけたんですよ』

「そうなんだ……声かけてくれればいいのに」

『……あ、いえ、忙しそうだったし……』

歯切れの悪い言い方が気になるが、自分も追いかけることはしなかったから、会話の方向を変える。

「本庁に来る時はメールでもくれよ。たまには愚痴を言い合おうよ……で、椎名は何か事件の捜査中？」

確か、椎名が所属する管轄内での凶悪事件は、昨日の夕方に起きた強盗殺人未遂だったと記憶している。

『あ……違うんです。班長から頼まれた書類を総務部に届けただけなんです』

早口で言う声に、芦川はまた違和感を覚えた。

「椎名も元気そうでよかった。そろそろ昇任試験の勉強をしてみたらどう？　俺が教えられることがあるかもしれないし」

『はい！　その時はよろしくお願いします』

その答えは、芦川が予想していたものとは違った。

以前は、昇任試験などまるで関心がないと言い続けていたからだ。むしろ、早く違う職種に就きたいとさえ言っていたことを思い出す。

「……じゃ、また。近いうちに食事でもしよう」

『はい、ぜひ！　あ……じゃ、失礼しま……』

椎名の声に車のクラクションが重なり、余韻も残さず通話が切れた。

電話をかけた本当の理由は話せないまま、芦川もスマホをポケットに戻した。

警察車輛（しゃりょう）のセダン内は、再び静寂に包まれる。

夥（おびただ）しい防犯カメラが設置されているこの地下駐車場は、パトカーや白バイの駐車場とは別の階にあり、要人警護に備えた数十台の車が待機している。

副総監から直に渡されたファイルには、調査項目の他に、使用許可が出ているセダンや面談室のナンバーも記載されていた。

ギアを操作してアクセルを踏むが、思い直して元の位置に車を戻す。

副総監に限らず、誰か他の者が芦川の行動を監視している可能性は高い。命は受けたが、監視される覚えはない。

グローブボックスに公用スマホを投げ入れ、芦川は車を降りた。


JR中央特快の車内は予想以上に空いていた。

平日の午前中だ。都下に向かう電車内はのんびりとした雰囲気が漂い、老夫婦らしき姿や複数の観光客が揺られている。

観光客だと分かるのは、その服装にあった。

一様にマウンテンパーカーにサファリハットで、リュックを背負っている。

電車の終点方向に、登山初心者向きの山があるからだ。都心からも遠くなく、自然豊かな登山コースには、季節を問わず多くの人が訪れている。

芦川がこの時間帯に都下に向かう電車に乗るのは初めてのことかもしれない。

少しばかりウトウトとすると、いつの間にか車窓に流れる景色の遠くに山並みが見られ、あっという間に降りる駅に着いた。

スマホで検索した住所は、市内中心から更にバスで10分くらいの位置にある。

バスを待つ時間が惜しく、芦川はズラリと並ぶタクシーの一台に乗り込んだ。

住所を告げると、運転手はすぐに車を発進させた。

運転手の無愛想な様子が不愉快に思えたが、理由は簡単だった。

車は3分も経たずに停車した。

眠っていたところを起こされ、基本料金の稼ぎでは割に合わないだろうと、芦川は釣りを受け取らずに車を降りた。

目指した建物に、スマホのナビは正確に案内した。

芦川は、住宅街の中にある古いアパートの前で足を止めた。

築数十年は経っているに違いない。周囲に鬱蒼とした雑草が生え、モルタルの壁にはヒビが入り、人が住んでいる様な生活感は感じられない。

この場所が、最初の舞台……。

調査書に詳細は記されてはいなかったが、調査対象者が、何らかの事件に関わっている事は最初から分かっていた。

そうでなければ、自分に話が回ってくるわけもない。

芦川は副総監からファイルを受け取った後、すぐに対象者の氏名と過去の犯罪捜査記録を検索した。

捜査中の事案かと思ったが、すでに解決済みの事案の関係者であることを知った。

それ以上の興味を持たない方が得策だろうが、判然としないままに行動をするのは納得がいかなかった。

建物の周りに立ち入り禁止などの看板はなく、茶色く錆び付いた外階段を慎重に上がって行くと、左端の部屋のドアが突然開いた。

思わず息を呑んで立ち止まると、目の前に高齢の男が現れた。

「だからッ！　俺は絶対に出てかねぇって言ってんだろ！」

男は、秋には相応しくない半袖のTシャツ姿だ。白髪頭の下の顔は黒光りしていて、険しい目を芦川に向けてくる。

芦川が急いで警察手帳を提示すると、男は更に険しい目になった。

「誰が来たって、俺は絶対に動かねぇ！　居住権ってもんがあるだろ！」

「いえ、違うんです……そういうことで来たわけではなく、住んでる方がいるとは知らなかったものですから……」

「……なんだ、昨日は市役所のナントカ課っつうとこから若いネエちゃんが来たし、大家のヤロウ、今度は警察にタレ込んだのかと思ったよ」

男は安堵したように肩を下げて、ドアを閉めようとして、ふと振り返った。

「誰も住んでねぇと思った？　なら、何で上がってくるんだ？」

当然の質問に、芦川は口元を緩めた。

「いえ、どうも場所を間違えたようです。申し訳ありませんでした」

チラリと一番奥のドアに目を向けてから、芦川が階段を降りようとすると、その背後で、男が「ああ……やっぱりあの時の」と、得心が行ったように呟いた。

「え……あの時？」

振り返った芦川に、男はニヤリと笑みを浮かべて奥の扉を指した。

「あの端っこの部屋の事件のことだろ？」

芦川が曖昧に頷くと、男は「ちょっと待ってな」と言いながら自室に戻り、すぐに出てきて奥の扉に向かった。

芦川が怪訝な顔で男の後に続くと、男が手にしていた鍵の束からひとつ選び、扉の鍵穴に差し込んだ。

「内緒だぜ……」

男が呟き、ドアを開けた。

途端に、湿気と埃が混じった嫌な匂いに包まれる。

名ばかりの三和土は台所の一部で、三畳ほどのリノリウム床の先に、黄ばんだ畳が見えた。家財道具は一切無い。

「今年の春までは他の部屋は店子がいたんだけど、ここだけはあの時からずっと空き部屋なんだ」

「あの時とは……？」こちらから情報を与えてはいけない。

「とぼけなくていいよ。あの警察官が起こした事件だろ？」

少し間を置いて、芦川は頷いた。

「でも、どうして鍵を持っているんですか？」

「どうしてって……俺ぁ、ずっとここの管理人だもんよ。最も、他に店子はいねぇし、この春からお払い箱にされて、退去しろと言われてるんだけどさ」

老朽化と大家の代替りで、取り壊しが決定しているという。

「金がありゃ、俺だってこんな所になんか住んでたくねぇけどさ」

資金があっても、高齢者が賃貸住宅を借りるのは難しいだろうと芦川は思う。

「あの事件の時も管理人をやっていらしたんですね？　その時のことを詳しく教えて頂けないでしょうか」

「また金でも持ってきてんのかい？」

男が芦川の全身に視線を走らせた。

「え……どういう意味ですか？」

「あんた、先週来た刑事とは仲間じゃないのかい？」

「刑事が来たんですか？」

「ああ。警視庁の刑事とか言ってたけど、手帳も見せないで偉そうな態度しやがって、終いにゃ金の入った封筒ちらつかせて、知ってることは全部話せってよ」

刑事なら手帳を提示しないわけがない。まして、金品で情報を得ることなどない。無論、刑事の中には前歴のある情報屋を自腹で雇っている者もいるとは聞いている。

けれど、初対面の一般市民に、いきなり金を出すことなどあり得ないはずだ。

おそらく、副総監か、他の上の者が雇った探偵まがいの連中かもしれない。

「知っていることって……？」

「まだ何か警察に話してないことはないかとか、住んでた女の引っ越し先知らないか、って……」

男は改めて芦川に向き直り、得意気な表情を作った。

「俺はな、こう見えても若い頃は国家権力と闘ってたんだぜ。金なんかで正義は売らねえよ」

「……同感です。では、その正義を教えていただけないでしょうか」

「タダでか？」

「はい。正義ですから」

途端に、男が高らかな笑い声を上げた。

「あんたは、こないだの連中とは違ってマトモだな」

男は笑みを消すと、少しだけ芦川に体を寄せた。

「今まで警察にも誰にも言ってないんだけどな。この部屋に住んでた女ってのは一見地味なんだけどけっこう色っぽい女でね、時々男が通ってきてたんだよ……」

「男……ですか？」

「当時俺は一階に住んでたんだけど、住人の様子を気にかけるのも管理人の仕事だろ？

いつだったか、呑んで夜中に帰ってきたら、サラリーマン風の格好のいい男が女の部屋からこっそり出てくるのが見えたんだよ」

管理人の男は、それから女の男関係に興味を持ち、女の行動を気にかけるようになったという。

「その男は頻繁に出入りしていたんでしょうか？」

「ん……月に一回くらい……いや、二、三回だったかな」

男は、隣の部屋のドアに向かって顎をしゃくった。

「こっちに住んでた学生も気付いていたらしくて、夜中話し声がうるさいから注意して欲しいって苦情がきたりしてな……てめぇもろくに大学にも行かないでゲームばっかりして引き籠りだったくせにな」

男は呆れたような声を出してヘラリと笑った。

「あの学生は、あの女に岡惚れしてたんじゃないかな。歳下の貧乏学生に勝ち目なんかないって。あのサラリーマン風の男は女の金づるだったんじゃないかな。その頃から夜の仕事には行かなくなったようだからな」

「夜の仕事とは？」

「駅裏のキャバクラ。昼はどっかの事務員だったらしいけど、ちゃんとした会社員じゃなくてバイトだったんじゃないか？」

「キャバクラに勤めてるって、その女が言ったんですか？」

「俺のダチが見かけたんだとよ、客引きしてるとこ。もうそのキャバクラは何年も前に潰れちまったけどな」

「その、時々見かけた男って、事件を起こした警察官とは別の男だったとはっきりと言えますか？」

「全く違う男だよ。顔ははっきり見てないけど、なんつうか……雰囲気？」

芦川は頷いて、話を変えた。

「事件のことを詳しく話していただけますか？」

「あの時、二階で女の叫び声がしたんで部屋から飛び出したんだけど、女の部屋の前で、隣の学生が携帯電話で警察に通報してたんだ。後から思えば、自分も気のある女が襲われたにしては、ずいぶん落ち着いた口調だったなあって……」

男は筋金入りの警察嫌いらしく、事件当日の聞き込みにあたった刑事の態度にも腹が立ち、自分が知り得るアパート内の人間関係や個人情報を提供することはしなかったという。

アパートは、一階と二階に四部屋ずつの八所帯。

当時、一階には管理人のこの男の他に若い夫婦と外国人留学生が住み、一部屋は空き室だった。二階の三部屋は空き室で、東側の角部屋が事件のあった女の部屋、そしてその隣には学生だった男が住んでいた。

資料には、事件の通報者はその学生だったとある。

「あの後すぐに女は夜逃げ同然で引っ越しして、学生の方もその後同じようにいなくなって、家賃滞納したまま二人に逃げられたって、ババア怒ってやがった」

でもな……と、男は喉で笑って言った。

「俺、あの後、一度だけヤッらを見かけたことがあるんだ」

「え……どこで」

「あんたにだけ話したんだ。続きは……」

芦川の反応がよほど大きかったのか、男はニンマリと目を細めて右の掌を差し出した。

駅までの道を歩きながら、芦川は情報を整理した。

管理人の男から得た事実のうち、芦川にとって最も重要なのは、角部屋に住んでいた女の事件後の情報だ。

あのアパートにすでに女は居住していないことは承知していた。

鞄の中にある調査書類の中にも明記してある。この街から数年前に行方知れずになり、住民票も取得していないことも分かっている。

つまり、俗に言う〈住所不定〉ということだ。

他の事案の捜査であれば、管轄署の刑事に捜査依頼を要請し、自分は上がってくる捜査状況から、結果に繋がる捜査手法の指示をするだけで済むのだが、今回はそうはいかなかった。

久しぶりに、自らの足を使っての捜査だ。おまけに、他言無用。他の捜査員に協力を仰ぐことはできない。

副総監が望むような結果を得る事ができなければ、自分の将来は目指す方向とは違うものになる。

気にかかるのは、先週に他の捜査員らしき連中がアパートを訪れたということ。

一度は他の者に命が下り、失敗に終わったということか……？

副総監から、そんな話は聞いてはいなかった。

芦川に渡された調査書以外の手元の資料は、調査対象者の戸籍謄本のコピーのみだ。年齢は三十四歳。出生地は足立区千住双葉町。母親の名前はあるが、父親の欄は空白になっている。

つまり、対象者は非嫡出子。婚姻外で生まれているということだ。

『派手な感じはしなかったけど、まあ、美人のうちに入るんじゃないか？　キャバクラにいる時は濃い化粧をしていて直には分からなかったってダチは言ってたけど』

調査書に添付されていた女の写真は、数年前の会社入社時の履歴書のものだ。

ああいう感じの女は情が濃いからな、と言った管理人の男の言葉を思い出す。

両肩から左右対称に伸びた黒髪が細面の白さを際立たせていて、人工的にも見えるくりっとした二重瞼の目尻はやや下がっていた。

その面立ちのどこに情の濃さを感じられるのかは芦川には分からなかったが、管理人の男が目にした二人の様子や会話から、それなりに女の性格は想像できた。

駅前の商店街を目指して歩いていると、右手の小さなビルの一階に交番が見えた。北八王子署宝町三丁目交番とある。

ガラス戸の中に、机に向かう若い警察官がいる。芦川は一旦足を止めるが、思い直して通り過ぎた。あの管理人の男に出会わなければ、直近の交番での聞き込みも考えたのだが、極秘捜査は可能な限り足跡を残してはいけない。

まだ昼には時間がある。

管理人の男が今年の春に女を見かけたという街には、電車を乗り継いでも一時間もからないだろう。

数枚の紙幣の見返りとしては少し不十分な情報に思えたが、それらが本当であれば、女の実態に一歩近付いたような気がした。

計算どおりの約一時間、JRと私鉄に揺られ、芦川は環七沿いの小さな駅に降り立った。

刑事の使命　Ⅳ

芦川からの突然の電話は、思い掛けず嬉しかった。

変わらずに優しく響く声に、真帆は一瞬癒される思いがしたが、以前のように素直になれない何かが反射的に芽生えた。

今度の事案も芦川に協力を仰げば、苦労せずに岡田に繋がる情報を得ることができるかもしれなかった。

たとえば、岡田の服役中の様子や、面会者リストの開示などだ。

出所後の足取りなども、当日の刑務所近隣の防犯カメラの解析などで分かってくることもあるに違いなかった。

けれど、芦川を巻き添えにするわけにはいかないと思った。

吾妻が言ったように、『利用されている』としても、今回はまだ事件にもなってはいないのだ。新堂が捜査を許してくれたとしても、公に認められた捜査ではない。

警察機関の中では、もう終わった事案なのだ。自殺と処理した結果が覆れば、警察全体の汚点になり、またもやマスコミの格好の餌になる。

仮に岡田亮介の前科も冤罪であれば、その物語はしばらく世間の目を引くことになり、ネットの騒ぎも容易に想像できた。

結果がどうであれ、芦川の出世に何らかの影響が出ることは必至だ。

芦川はキャリアではないが、自分とは比べ物にならないほど刑事の仕事を誇りに思っているはずだ。そして、当然、高みを目指しているはずだ。

一流商社に勤務していたにも拘らず、なぜ警察官を目指すことになったのかは詳しいことは聞いてはいない。『物を売買するだけの仕事がつまらなくなった』というのが、真帆の問いに返ってきた芦川の答えだった。

スマホの画面に芦川からの着信を確認した時、急いで支払いを済ませながら外に飛び出したが、以前はあったはずの電話ボックスが見当たらず、歩道での会話は落ち着かなかった。

芦川の声を聞きながら人通りの少ない小路に入った途端、鞄の中の公用スマホが鳴り、慌てて芦川との会話を切った。

芦川の声の余韻は瞬時に消えた。

公用スマホの着信は、新堂からの電話だったからだ。

「すぐに署に戻ってくれ。面白いタレコミがあった」

「タレコミ……？」

真帆は急いで電車に飛び乗り、署に駆けつけた。

新堂班のブース内には、古沢、山岸の顔もあった。

真帆を見ると、新堂は無言でデスク上のパソコンを指した。

息を整えパソコンを覗くと、スマホの動画らしき映像が流れ始めた。

映し出されているのは、深夜の繁華街を行き交う人波だ。

しばらく観ていると、カメラが一人の男の後ろ姿を追っていることに気付いた。

「これって……まさか」

男の服装は黒いマウンテンパーカーに紺のデニムで、真帆にも見覚えのある黒いリュックを肩から下げている。

男はカメラの存在には気付いてはいないようで、振り返ることもなく一棟のビルの中に入って行った。

その斜め横顔が見えたところでストップする。

「岡田に似ていますね。服装や髪型からして、出所後に間違いないと思います」

「ああ、五年前の事件以前なら、もっと変化していても当たり前だからな」

「この動画、どうしたんですか？」

「生活安全課のウエブサイトに送られてきたんだ。送ってきたヤツはまだ分からん」

鑑識課の若手が送り主の割り出しをしているという。

おそらく海外も含めた基地局を多数経由しているに違いなく、割り出しにはかなりの時間を要するはずだ。

岡田の死は、まだ公にはなってはいない。

一体、誰が何の目的でこの動画を送ってきたのか……。

「うちの班が自殺説を疑っているのを知っている人物？……これって、明らかに岡田を尾行してますよね？これを撮影してたヤツは何のために尾行してたんですかね」

山岸が言うと、古沢も口を開いた。

「偶然に見かけて、という感じではねえな。出所してから岡田と連絡を取り合った知り合いか？」

「にしても……これは、俺たちが岡田の自殺に疑問を持っていることを知ったヤツだ。自殺を強調してるのか、他殺を示唆してるのか、どっちなんだ？」

新堂も珍しくシリアスな声で呟いた。

「ちょっと、いいですか？」

真帆は新堂に代わり、パソコンの前に座って動画をスローで再生する。

「これ、何処でしょうね」

映っている街並は、どこにでもある繁華街の景色だ。

道はそう広くはない。

両側にある歩道には葉を落とした銀杏の街路樹が見られ、隙間無く建て込んでいるビルの看板やネオンの文字も、どの街でも見かける居酒屋やドラッグストアのチェーン店のものだ。

「どっかに、支店名が分かる看板があるといいんだがな」

新堂が呟くと、その背後から古沢が声を上げた。

「あ……これ、池袋じゃねぇか？」

真帆が動画を静止させると、古沢が白く光る看板を指した。

「ここに、鶴や蕎麦本店とあるだろ？」

「鶴や蕎麦」とは、古沢が足繁く通うチェーン店の立ち食い蕎麦屋だ。

真帆も古沢とコンビを組んで捜査にあたっていた頃は、何度となく付き合わされた蕎麦屋だ。

「鶴や蕎麦の本店は池袋なんだよ。何でも創業者が山形の鶴岡出身で、集団就職で池袋の蕎麦屋に就職して、苦節三十年の末にようやく……」

「本店は、池袋なんですね。間違いないですよね」

真帆が古沢の蘊蓄を断ち切って、再び立ち上がった。

「班長、池袋に行ってきます。これで岡田の入ったビルがわかります」

「了解……ま、誰がどんな理由でこれを送ったのかは、俺たちが調べる」

「俺たち!? 班長、それはマズいんじゃ……」

渋い顔で新堂に詰め寄る古沢を無視し、真帆はブースを飛び出した。

［鶴や蕎麦本店］はJR池袋駅から数分の所にある商店街の中にあった。

商店街と言っても、住宅街のそれとは全く異なり、新宿駅界隈の小路に似た猥雑な雰囲気が漂っている。

スマホに転送した動画を見ながら蕎麦店を確認し、真帆はその数軒先の雑居ビルの前で足を止めた。

一階のドラッグストアの脇に、上階への階段とエレベーターホールがある。

入居しているテナントのプレートには、二階から四階までが漫画&ネットカフェ。五階、六階は会計事務所で、一番上の七階は消費者金融の事務所になっている。

入り口付近に防犯カメラは見当たらない。

出所後の岡田が足を向ける必要がある場所は、容易に推測できる。

真帆は迷わず階段を上がり、二階の［漫画&ネットカフェ　マイランド］の自動扉を開けた。

思ったより狭い店内だ。

以前、事件の捜査で足を向けたことのある新宿のネットカフェよりずっと狭い。

ホールとも呼べないスペースに飲み物等の自販機があるだけで、化粧板で仕切られた個室がズラリと並んでいる。

受け付けカウンターの店員が、「らっしゃい……」と不機嫌そうな声を出したが、真帆が手帳を提示すると、その顔に緊張が走った。首から下げたストラップに店長の文字が見える。

「この人物に心当たりはないですか？　このお店に出入りしていたと思うんですが」

スマホ内の岡田の顔写真を差し出す。無論、警察官時代の写真ではなく、私服姿の前科者リストのものだ。

「さあ……似たような客はいっぱい来ますからね」

店長は首を傾げてから、真帆の背後に目をやった。

何気ないふりをして背後を振り返ると、自販機にコインを入れている二十代くらいの男が見えた。確かに、その風貌は岡田の姿とそう変わりはない。

「ここはもちろん宿泊できるんですよね？　二週間ほど前からの使用者リストを見せてもらえませんか？」

途端に、店長は嫌な顔になった。

「それって、何かの捜査ですか？　そんなもの勝手に見せたら上から怒られちゃいますよ」

想定内の返事だ。ここで引き下がるわけにはいかない。

「殺人事件の可能性もあるんです。どうかご協力ください」

真帆の言葉に、店長の顔に再び緊張が走った。

「それと、防犯カメラの映像も提出して頂きたいんです」

店長の緊張が緩む前に、真帆は言葉を続けた。

「本格的に捜査が始まるまでこのお店から協力頂いた事は他言いたしませんので、決してご迷惑はおかけしないとお約束します」

店長は緊張したまま深く頷(うなず)くと、手元のノートパソコンを操作し始め、直に画面を真帆に向けて反転させた。

「今月の初めから今朝までの客のリストです」

スクロールしながら岡田の名前を探すが見つからない。

「あの……うちは身分証等を提示してもらっていないんで、名前は本名かどうかわかりませんよ」

東京都は、インターネット端末利用営業の規制に関する条例を出しており、本来なら利用者の身分証確認や記載の義務があるのだが、大規模な店舗以外は、その規制に従う店は少ない。利用者の半数以上は長期滞在者だ。住所を持たない人間の、安価で便利なホテル代わりとして重宝されている。

岡田も出所後の二週間、こういう場所を利用していたに違いない。

二週間前の岡田の出所日を再確認する。新規入店者は13名。

岡田亮介の名は記されていないが、昼過ぎから深夜までに入店した男子9名の名前に注目する。その中で、午後8時過ぎに入店した〈太田(おおた)真介(しんすけ)〉という名前に、真帆は違和感を覚えた。

確信ではないが、何かが引っ掛かる。

「岡田亮介……太田真介」

何度も呟くうちに、確信に近いものが生まれてくる。

人が偽名を使う時は、本名に似せる場合が多い。

自分自身が失念しない用心のためだ。

退店は事件当日の早朝5時半とある。

「あ……この日は夜勤明けだから、別のバイトの子が受け付けしているはずですね」

「その人に会えませんか？」

すると、店長は少し面倒な顔になったが、「ちょっと待ってください……」と、スマホを操作しながら、天井を指差した。「上にいますから」

ほどなく現れた若い男に、店長が少し偉そうな態度を見せた。

「佐野、おまえ、この客受け付けしただろ、覚えてるか？」

どことなくボンヤリしている顔付きに真帆の期待は萎んだが、意外な言葉が返ってきた。

「はあ……めっちゃ暗くてヤバいヤツだったから」

「この人ですか？」

真帆が差し出したスマホを見て、男はすぐに二度頷いた。

「間違いないですか?」

思わず詰め寄る真帆から身を引いて、男は再び二度頷いた。

「どこがどう暗くてヤバかったんですか?」

こういう若者には、相手の言葉に合わせることが大事だ。

「ポイントカード出してきたんだけど、良く見たら名前が違うからさ……割引にはなんないって言ったらブツクサ文句言いやがって……」

このネットカフェは、都内に十数店舗を展開しているチェーン店だ。

「カードに書かれていた名前、覚えてないですか?」

少し考えて、男は首を左右に振った。

「なんか面倒くさい漢字で……」と、ヘラっと笑った。

読めなかったから覚えていないというわけか、と真帆はため息を吐いた。

「でも、多分、アイツのカードじゃないかな」

独り言のように男が言った。

「アイツ……?」

「オレ、次の日の昼に交替して帰る時だったんだけど、その男が向かいの牛丼屋で隣の席の男と話しながら牛丼喰ってるのが見えたんだ」

〈え……何の話だ? 展開が早くてついていけないじゃん〉

「……親しそうでした?」

すると、男は軽蔑したような目で真帆を見て、「だよ……牛丼屋で知らないヤッと話し込むことなんかねぇよ。ダチに決まってんじゃん？」と、背中を見せた。

「その相手、どんな人でした？　ここで知り合ったとかじゃ……？」

男は三階に通じる階段を上がり始めた足を止めた。

「ないない！　あの客が出てった時は一人だったし……第一、こういうとこで他人と仲良くなるなんてあり得ねぇよ。相手の顔？　そんなもん覚えてねーし」

「あ、ちょっと待ってください。その時、何か深刻そうな感じでした？」

男は振り向いて、うんざりした顔を左右に振った。「全然！　アイツ笑ってたし」

そのまま駆け上がって行く男に代わり、店長がカウンターの奥の部屋から戻って来た。

店長は真帆と男の会話の間に防犯カメラの映像データを、ハードディスクからＵＳＢメモリに取り出していた。

「うちのは一週間で上書きされてるはずだから、お役に立つかどうかわかりませんけど」

と差し出し、「絶対にオフレコで」と、念を押した。

店を出ると、確かに目の前に牛丼屋があった。

広いガラス窓から、明るい店内の様子が良く見える。

〈岡田はここで誰と会っていたのか……？〉

スマホで時間を確かめ、朝から何も食べていないことに気付き、その店に向かった。

吾妻と約束した17時まで、まだ二時間近くあった。

一日に二度、同じ喫茶店に入ることなど初めてのことだ。

「これ、おまえの経費として経理に出してくれよな」

吾妻は、新幹線の往復チケット代の領収書をテーブルの上に出した。

わざとらしく大きなため息を吐く真帆に、吾妻が真顔を向けた。

「当然だろ。結局自殺だったら経理は絶対認めないからな。そうなったら、おまえか班長に払ってもらうからな」

〈ちっちゃ……こんなだから出世しないんだな……〉

真帆の目がそう語っていたのか、吾妻は嫌な顔をして「で、本題だが……」と話を切り出した。

「岡田の父親は、もう話ができる状態じゃなかった。モルヒネ投与の回数が多くなってきてるらしくて、意識もあるのかどうか分からなかった……」

やっぱり……と落胆する真帆に、吾妻が得意そうな顔を向け、おもむろに内ポケットから私用のスマホを取り出した。

「何……これ？」

差し出されたスマホには、日時と氏名が書かれたリストのようなものが映っている。

「岡田の父親の面会記録だ。いやあ、看護師長っていうのが怖いオバはんでさ……持ち出さない約束で見せてくれたんだ」

確かに、持ち出してはいない。

「当然、写メることは分かってたんだと思う。見て見ぬ振りってやつだ……」

転送したタブレットの画面をスクロールすると、入院したと思われる昨年末からの面会者は数人程度だ。岡田の姉や親戚らしき岡田姓の文字があり、その中の一人の氏名に真帆は息を呑んだ。

「この名字……何て読む？」

真帆が指した氏名を見て、吾妻がため息を吐いた。「カツラギだろ。おまえ読めないのかよ……ったく」

葛城良樹。

「だよね。頭文字はK！」

Kで始まる名字は、他には記されていない。

真帆が顔を上げると同時に、吾妻も驚いた目を合わせてくる。

岡田の父親の記録に出て来たKという人物かもしれない。

「あ……おまえが気にしてたヤツか」

真帆は、タブレット内の、メモを開く。

知り得た情報と疑問点のメモだ。

《服役中に父親が記録した時間経過の中に、Kという人物の存在》

メモの中の疑問がひとつ解けた。

K＝葛城良樹。

けれど、まだその男がどういう人物で、岡田親子とどんな関係があるのか……。

タブレットに取り込んでおいた岡田の父親のファイルを開いて、Kの文字を変換する。

『4月24日　菅野美波を訪ね、和解を求むも拒絶される。今回も葛城が立ち会う』

『4月25日　菅野、退社。転居先不明。葛城に調査依頼』

『7月12日　葛城と面談』

『9月29日　弁護士と相談。最高裁への上告を亮介は拒否。葛城に報告』

「そうか……葛城という文字を書かなかったのは、隠したわけじゃなくて、画数が多いから省略したということかも……」

と、呟いた瞬間、何かが真帆の頭を過った。

〈画数が多い……書きにくい漢字……〉

似たような言葉を聞いたのはいつだったか……。

「おい、聞いてんのか？」

ハッと顔を上げると、すでに立ち上がっていた吾妻が見下ろして言った。「定時過ぎたから、俺は帰る。明日は署に顔出しするから、またここに9時半にな」

「えー？　まだ話は終わってないじゃん」

唖然とする真帆に片手を上げて、吾妻が小走りで出口に向かう。

〈ったく……そんなに定時に帰りたいんだったら刑事なんて辞めちゃえばいいのに〉

どうせ、近いうちにフラれるんだし……と、真帆がタブレットに視線を戻すと、テーブルの隅に、コップの水滴を吸って貼り付いている白い紙に気付いた。

〈またやられた……〉

濡れた伝票に、二人分の珈琲代の数字が滲んでいた。


「しっかりしてるのね、吾妻さんって」

吾妻の話をボヤくと、曜子はケタケタと笑い声を上げた。

「しっかりとチャッカリは違うと思う」

「うちの旦那も、けっこうケチ臭いとこあったわよ」

「けっこうどころじゃないよ、信じらんない」

あれで署内一のイケメンと言われていることが、真帆は不思議でならなかった。

「真帆は仕事仲間だから仕方ないんじゃない？　恋人じゃないから見栄を張る必要もないしね」

そういう問題ではないと思ったが、反論はせずに真帆は頷いた。

今夜の夕食は、また鍋だ。いつもと違うのは、生のトマトやパクチーが入っているところか。タイ風味噌鍋と曜子は言ったが、タイ風と呼ぶには程遠い。味噌味のちゃんこ鍋にトマトとパクチーを加えただけだ。

けれど、口にしてはいけない。『味より愛情』と、好みではないパクチーを久しぶりに口に放り込む。

「で、博之の話って何だったの？　まさか、再婚とか……？」

似た者同士。実の母娘のような暮らしをしているせいか、発想は似たようなものになるのかもしれない。

「だったら面白かったんだけど……」

「博之、まさか、また昔の事件に拘ってるんじゃないわよね？」

昔の事件とは、当然、真帆の母親が刺殺された事件だ。

「違う……班長は最近どうだとか、昇任試験はどうするんだ、とか」

「そっか……でなきゃ、また真帆の捜査に首を突っ込んでるんじゃないかって思ってた」

曜子の勘は、真帆が思っているより鋭いのかもしれない。

「そんなことあるわけないじゃん。お父さんはもう警察官じゃないし、捜査の話なんか私がするわけないよ」

それは事実だ。話を振ってきたのは博之の方だ。

「それより伯母ちゃん、これ読める？」

真帆は、傍らに置いてあったスマホを開き、文字を打ち込んだ。

「何よ、食事の時にスマホはやめ……って、どれどれ？」

曜子の好奇心は誰よりも強いことも、真帆は知っている。

「カ……カツラギ？　人の名前？」

「うん。それで、たとえば、伯母ちゃんにこの名前の知り合いがいて、日記にその人のことを書く場合にちゃんと漢字で書く？」

曜子は、ポカンとした顔になった。

「ん？……日記？　友人だったら、愛称とか名前で書くんじゃない？　ただの知り合いだったら、面倒くさいわね、この漢字」

真帆が深く頷くのを見て、曜子は言葉を続けた。

「面倒だから省略したか、特別な感情を持っているか……かな」

「……特別な感情って？」

「愛しているか、憎んでいるか。信じているか、疑っているか……とか？」

曜子はニヤリと笑い、大盛りのパクチーを鍋に再び投入した。

ベッドに入ってからも、曜子の言葉が頭に貼り付いていた。

〈愛しているか、憎んでいるか……信じているか、疑っているか……〉

画数が多い名字ゆえ省略したのだと思い込んでいたから、曜子の言葉は真帆には予想外だった。けれど、その言葉は何故か真帆の胸にストンと落ちた。

確かに、岡田の父親の記録書や日記らしき文字は、几帳面な性格を表していた。他に意味がなければ省略などしないだろうと思われる。

Kという文字には、何か特別な因縁や感情が含まれているのかもしれない。

葛城良樹……この男は一体誰なのだろう。

先刻、新宿の店で吾妻を見送った後、真帆はスマホでその名前を検索したが、それらしき人物には行き着かなかった。

博之に電話を入れたが、いつものようにコール音が鳴り続けるだけだった。

今回の件で二十数年ぶりに岡田の父親と再会した博之に、その名前に心当たりがあるとは思えなかった。

寝入り際に浮かんだシルエットに顔は無く、誰かの激しい息遣いが近付いたり遠のいたりして、真帆はまだ暗い夜明け前に汗だくで目が覚めた。

また嫌な予感がした。

刑事の未来　IV

芦川が目覚めたのは、警視庁捜査一課の仮眠室の簡易ベッドの上だった。

今朝も湿度が高いのか、シャツの首元が不愉快な湿り気を帯びている。

この仮眠室で朝を迎えるのは、これが初めてだ。

カーテンの仕切りの向こうから、静かな寝息が聞こえている。

数週間前に港区で起こった、一流企業への脅迫事件の捜査にあたっている刑事の一人だ。

昨夜の23時を過ぎた頃に、芦川はこの部屋のドアを開けた。

『あれ……珍しいですね、芦川さん』

病棟の四人部屋にも似た室内の奥で、健康ステッパーを踏んでいる若い刑事が驚いた声を出し、『課長と、コレですか？』と、片手で酒を飲む仕草をして笑った。

芦川も軽く笑いながら、曖昧（あいまい）に頷いた。

この刑事と組んで仕事をしたことはない。会話さえろくに交わしたことはなく、第一、芦川は、この刑事の名前すら覚えてはいなかった。

たとえ上司との付き合いであろうと、酒を飲んでホテル代わりに仮眠室を利用するなど有り得ない。この若い刑事は、それは当然の権利であり、翌日の仕事を考えれば合理的な判断だと考えるタイプなのだろう。違反でなければ、不謹慎とも言える行為も怖れない……おそらく、階級の恩恵を信じて疑わないキャリア組だろう。

対角線にあたるベッドを選び、カーテンを引いて狭いベッドに横たわると、すぐに睡魔に襲われた。若い刑事が何かを問う声が聴こえたが、反応する気力は残っていなかった。

眠りが深かったのか、時計を確かめるとまだ朝の4時を過ぎたばかりだ。

自覚していたより興奮状態が続いていたのか——。

芦川は、昨日の怒濤（どとう）の時間を改めて思い出した。

***

芦川に与えられた内偵調査は、予想以上に早い展開を見せた。

捜査対象者の女がかつて住んでいたという八王子に向かったのは正解だった。

女が住んでいたのは、もう数年前のことであり、すでにその地を離れているのは明確だったが、当時の生活環境、雰囲気や匂いの中から想起される何かに期待したのだった。

芦川の中では、調査対象者の輪郭が、朧げだが作られつつあった。

確かに、［犬］と陰口を叩かれても仕方がないかもしれない。

芦川は、自分のそういう嗅覚を信じていた。

今までの捜査でも、その嗅覚も含む［勘］が、何度も事件の解決に導いてくれたと思っている。

八王子のアパートの管理人の男から得た情報を鵜呑みにしていたわけではなかったが、あの男は単に金のためにガセネタを売るような人間には思えなかった。

どのみち、与えられた調査書だけでは任務を全うすることは容易ではないのだ。時間がかかることは、依頼者の副総監も承知のはずだ。

芦川の前にも、刑事らしき者が金をちらつかせ、情報提供を望んだと男は言っていた。

おそらく彼らの依頼者も上の誰かだ。

現在も、彼らが同じ目的を持って行動しているかどうかは分からなかったが、結果が望めないからこそ自分に任務が回ってきたのだろうと、芦川は推測する。

昼前には環七沿いの小さな駅に降り立った。

管理人が、調査対象の女と隣室に住んでいた男を見たという町だ。

『俺の弟が環七沿いの運送会社に勤めてたんだがな……』

管理人の弟は、中野区に本社がある運送会社のドライバーだったが、多額の借金が会社にバレて解雇を言い渡された。『……で、借金は俺が肩代わりするから、何とかクビだけはカンベンしてやってくれって、営業所長に直談判に行ったんだよ』

結果、弟の首は繋がり、兄弟は町内のスナックで祝杯を挙げることになった。したたかに酔い、二軒目の店を物色しながら商店街を歩いていた時だった。

『見たんだよ。あの女がスナックから出てきて、迎えに来たらしい小太りの男と帰っていくところを……それがよ、あの隣に住んでいたヤローだったんだよ』

化粧や服装のせいか以前とは雰囲気が違い、管理人は、最初はその女に気付かなかったという。『駅と反対の方に歩いて行ったし、ありゃ、近所に住んでるって感じだったな。一緒に住んでたりしてな、あのヤロー、思いが叶ったってわけか？』

芦川は、管理人から聞いた、駅の南にある商店街に向かった。

管理人の男は女が働いているらしい店の名前は覚えていなかったが、商店街の中に、それらしきスナックは三軒しか見当たらなかった。

どの店も当然まだ開いてはいない。

一応、近隣の洋品店や花屋などに聞き込みをしたが、それらしき情報は何も得られなかった。

夕方の開店時まで、住宅街の方まで足を延ばし、町の雰囲気や地理を確かめた。

商店街を通り抜け、一本の幹線道路を渡ると電柱の表示が練馬区に変わった。

同じような小さな戸建てが並び、アパートやマンションも多く、ベランダの洗濯物や玄関先の遊具などから、学生や若い家族が多く住んでいる様子が窺えた。

再び駅前に戻り、ハンバーガーショップで昼食を摂り、スマホで検索した区民センターの図書室で時間を潰した。

土地勘のない町を長時間一人で彷徨うのは、十数年前の学生時代以来だ。

漱石全集の中の短編を眺めながら、芦川は、上京したての戸惑いにも似た落ち着かない時間を過ごした。

18時過ぎ、芦川は見当をつけていた「歌声スナック　みやこ」という看板が架かった木製の扉を開けた。

まだ客の姿は見えず、狭いカウンターの中にいた中年の女が顔を上げた。

差し出したスマホの写真を見て、女は少しの間眺めてから頷いた。

『ああ……アカシアのナミちゃんじゃない？』

「アカシア」は、斜向いにあるカラオケスナックだった。

古くから営業している店は、同業者同士でも互いの店のことは熟知しているようだった。新規オープンするチェーン店への対抗措置として、宣伝や客の呼び込み、仕入れの協力など、お互いの存続のために協力は惜しまないのだという。

「みやこ」のママの話によると、ナミという女は二年前頃から「アカシア」で働くようになり、今ではその店のチーママ的存在らしかった。

『あの子がどうかしたの？　もしかしたら、ヒモの男が何かやらかしたとか？』

興味津々の顔付きで詮索してくるママに笑顔を向け、縁談の素行調査だと伝えると、ママは露骨に嫌な顔になって鼻先で笑った。『縁談って……ヒモ付きで貰ってくれるんだったらいいけどね』

外に出ると、確かに斜向いに、紫地に白く抜かれた［アカシア］の文字が光る電飾看板が見えた。

ドアを開けた途端、客の歌声と嬌声が溢れ出た。

店内はそう広いわけでもなく、年増のママも含めて三人の女がカウンター内に見られ、数人の客のうちの一人がマイク片手に歌っていた。

その女は、すぐに分かった。

誰よりも早く芦川に気付き、白い歯を見せてきた。

『お一人ですか？』

その声は、平凡な顔立ちからは想像できないほど甘く、技巧的だった。

笑顔を返してカウンターの端に腰を下ろすと、直に熱いおしぼりが差し出された。

『お仕事帰りですか？　お疲れさまでーす』

初めての客にも拘らず、程よい距離を保ちながら話しかけてくる女に、うっかりと気持ちを緩めそうになった。

ビールを注ぐ手付きにも、この仕事に就いた年月が表れていた。

『君、名前は？』芦川が聞いた。

『ナミです。よろしくお願いします！』

その顔を、芦川はまじまじと見つめた。間違いはなかった。

『あら？ どこかでお会いしたことありましたっけ？』

『いえ……ちょっと知り合いに似ていたので』

芦川の答えに、奥にいた中年のママが興味深げな笑顔を向けてきた。

『そうなんですか……どうぞごゆっくり』

慣れた会話らしく、動揺もせずにナミと名乗る女は通しの皿を置いた。

ボックス席から声が上がると、すかさずもう一人の女の子に指示を出し、自らも酒を運ぶ……その、きびきびと動くナミの姿を、芦川は長い時間眺めた。

ナミは、22時には上がることを、他の客との会話の中で知った。

『いつも10時までしかいないの？』

芦川は酔いが回ったふりをしてナミに聞いた。

笑顔で答えようとしたナミの代わりに、横合いから中年のママが口を出した。

『ナミちゃん、今夜は田舎のお母さんが来てるんですよ。いつもはラストまでいますから、どうぞご贔屓（ひいき）に……』

ラストというのは、閉店時間の24時ということだ。

ナミは苦笑しながら頭を少し下げた。

ひっきりなしに客の誰かの歌声が響き、決して居心地の良い時間ではなかったが、普段は入ることがないスナックの店内は、芦川にはそれなりに新鮮で面白かった。

気がつくと、すでに21時半を過ぎていた。

支払いを済ませてドアの外に出ると、正気に戻ったような気分になった。

商店街にはまだ明かりが多く、駅の方向から歩いて来る勤め帰りの姿も少なくはなかった。

芦川はシャッターが下りた薄暗い手芸店の前で、ナミが［アカシア］から出てくるのを待った。

30分近く過ぎた頃、ドアの中からコートを羽織ったナミが現れ、駅とは反対の方向に歩き出した。

『ナミさん！』

芦川は、その背中に向かって声を張った。

振り向いたナミの足が止まり、ゆっくりと芦川に向き直った。

『あ……何か忘れ物とか？』

笑顔を作りかけるナミに近寄り、芦川はスマホの画面を提示した。

画面を見つめる白い顔が、みるみる強ばった。

芦川は言った。

『これは貴女ですよね……菅野美波さん』

＊＊

あの瞬間の美波の顔が、今でも脳裏に貼り付いている。

芦川はタブレットを取り出し、調査報告書のページに昨日の行動を記録した。

住所不定の女の捜索など、長期に及ぶ可能性もあった。

副総監も、これほど短時間で芦川が本人に接触できるとは思っていなかったに違いない。

けれど、報告するのはまだ早い。

調査状況を逐一報告しろとは言われていない。

八王子のアパートには、自分より先に刑事らしき者が行っていた。先任者がいたことを芦川は知らされてはいなかった。

『君には期待しているんだ……』

副総監の声が蘇るが、あの時の高揚感はもう失せている。

上からすれば、自分はただの駒に過ぎない。

だが、駒にも駒の意地がある。

時計を再び確認する。もうすぐ7時だ。

他の捜査員たちが出勤する前に、庁舎の外に出たかった。

あの女は、約束を守るだろうか……。
指定された時間は10時。場所は西武(せいぶ)新宿駅に直結したホテルのロビーだ。
昨夜、女は素直に応じてくれたが、警戒心が体全体に表れていた。
こんな場合は、同性の方が心を開き易いのかもしれない。
芦川は再びひとつの顔を思い浮かべたが、すぐにそれを打ち消した。
打ち消した途端、今までに覚えのない寒々としたものが胸を過った。

刑事の使命　V

「サボイア」の店内に入ると、昨日も顔を合わせたウェイターが、「まいど！」と声をかけて来た。

喫茶店で『まいど！』はないだろうと苦笑するが、この店の雰囲気にはそれほど違和感はない。

吾妻の姿はまだ見えず、時間は約束の9時半を少し過ぎていた。

モーニングセットを注文し、スマホで曜子からのラインを確かめる。

今朝は寝不足のためか頭痛が酷（ひど）く、階下から曜子が叫ぶまで布団の中にいた。

特別な事案がなければ有休を取るところだが、吾妻との約束を反故（ほご）にするわけにはいかなかった。

朝食も摂（と）らずに飛び出した真帆のために、今日一日の占いの結果をいつものようにラインで送ってくれたようだ。

《なだらかな丘の上に、一本の百合(ゆり)の花が咲いているのが見えるが、霧が立ち籠(こ)めすぐに見えなくなった。今日は焦らずに。ラッキーカラーは珊瑚(さんご)色》

〈何かが摑(つか)めるようで、摑めない……?〉

曜子が水晶占いを始めた頃は、日課のようになってしまった占いを煩わしく思うことも多かった。けれど、結果が良くも悪くも、曜子なりの心配りなのだと理解できるようになった。今や占いは悪運を遠ざけるおまじないのように思い、結果を知らないと落ち着かなくなっていた。

ウエイターがモーニングセットのトレイを置いて、ニヤリとしながらドアの方を目で指した。

吾妻が悪びれる様子も見せずに近付いてくる。

「早いな」

「遅いよ」

吾妻はすでに疲れきったような顔で腰を下ろした。

「……ったく、おはようくらい言えないのかよ。こっちは朝イチ会議を途中で抜け出してきたんだぜ」

朝イチ会議とは、最近ルール化された新堂班恒例の打合わせのことだ。

無論、凶悪事件の捜査中は捜査本部が設置されて刑事課全体の会議になるが、それ以外の平常時は、新堂班だけの顔合わせになる。

とはいえ、誰が始めたかは定かではないが、会議には必ずスペシャルな珈琲(コーヒー)が用意されていた。全員が珈琲党であったせいもあるが、刑事課の給湯室には、新堂班専用の珈琲ツールがあった。非番の刑事以外は全員参加が原則で、そのうちの一人が豆から挽(ひ)いて布ドリップで淹(い)れるのだ。

「葛城の件は報告しておいた。班長も名前には心当たりがないし、岡田の父親からも聞いたことがない名前だとさ」

「岡田の動画の送り主はまだ……？」

池袋の雑居ビルに入って行く岡田の姿を撮影した動画の件だ。

生活安全課に送ってきた動画は、明らかに今回の岡田の死を知り得ている者の仕業だ。

動画を見た時の、山岸と新堂の言葉を思い出す。

『うちの班が自殺説を疑っているのを知っている人物？……これって、明らかに岡田を尾行してますよね？　これを撮影してたヤツは何のために尾行してたんですかね』

『自殺を強調してるのか、他殺を示唆してるのか、どっちなんだ？』

「班長が、動画の送り主の追跡調査もあてにはならないかも、って」

吾妻が、真帆のトーストに手を伸ばしながら、ため息を吐く。

「それって、上から小言が入ったってこと？　だとしたら……」

「うん、やっぱり自殺じゃないってことかもって、班長が」

「班長が班長がじゃないでしょう？　あんたはどう思うの？」

茹で卵の殻を剝きながら、真帆は苛立った声を上げた。

トーストを咀嚼しながら、吾妻が軽蔑したような目を向けてくる。

「それをはっきりさせるためにこうして付き合ってんじゃん。俺に当たるんじゃねーよ」

確かに……。

複雑に絡み合った金鎖を解いていくような作業に、少し苛立っていたのかもしれない。

我ながら、こういうところが刑事としては辛抱が足りないのだろうと自覚する。

「それより、おまえのオヤジから何か連絡ないのか？　葛城の件で」

吾妻の問いで思い出し、スマホを取り上げる。

葛城の素性や所在が分かれば、鎖を解く切っ掛けができるかもしれない。

けれど、案の定、博之の携帯はコール音がなり続けるだけだ。

博之のことだ。携帯電話を携帯していない可能性も大いにある。

「ちょっと行き詰まった感じだな……岡田が遺書みたいなメールをオヤジに送ったスマ

ホの持ち主が分かれば……もしかしたら、例の牛丼屋で会ってたヤツとか……」

その言葉に、真帆の頭の中で何かが符合した。

「岡田が持っていたネットカフェのポイントカード、その葛城っていう男のカードかもしれない」

ん？　と吾妻が怪訝な顔を向けてくる。

「絶対そうかも。あの店員、読めなかったから覚えてなかったんだ」

「何の話してんだ？」

岡田の父親と関わっていたKが葛城で間違いないなら、岡田本人の知人か友人だった可能性が高い。

「じゃ……牛丼屋にいたのは葛城？」

ネットカフェの店員が見かけたという岡田と親し気な様子だった男のことだ。

「それでなかったら、ムショで知り合ったヤツが先に出所してたから連絡を取ったとか」

吾妻の言うとおり、その可能性もあるかもしれない。

今のところ、生存時の岡田の姿は、ネットカフェとその周辺、そして事件当日、現場近くのコンビニの防犯カメラで確認されているだけだ。

今までに摑んだ情報を、真帆は改めてタブレットに記載する。

・岡田は出所日、池袋のネットカフェを利用。
・翌日、ネットカフェの向かいの牛丼屋で知り合いらしき男と談笑（葛城？）
・その翌日に、三島の父親に面会。
・事件の前日に父親に電話「就職が決まった」（公衆電話）
・事件当日の明け方にネットカフェを解約。
・その朝、高円寺南のビルで遺体となって発見される。
・死の間際？　に父親にメール「刑事になれなくてごめん」メールの送信元は不明。
・その際に使用した携帯電話は誰の物か（葛城？）

タブレットを吾妻に向ける。

「んなこと、いちいち書かなくても頭ん中で整理できないのかよ」

チラリと目を向けた吾妻が、エラソーな顔で言い、真帆が半分残した茹で卵を口に入れた。「で、これからどうする？」

「池袋の牛丼屋に行ってくる」

昨日、牛丼屋の店員に岡田の写真を見せたが、反応は曖昧なものだった。

店員はシフト制の数人のアルバイトで回しているため、岡田が目撃された日は、別の店員だったという。

真帆は素早く立ち上がり、出口に向かった。

背後で吾妻の声が聞こえたが、振り返らなかった。

山手線のホームで電車を待つ間、真帆は私用スマホで吾妻にメールを送った。

《ごちそうさま！　そちらは犯罪者リストから岡田とムショ入りが重なっている人物を探してね。定時まで！》

嫌味を強調するような顔のマークを探しているうちに、吾妻から返信が来た。

《領収書はおまえの名前にしてあるからな！　そっちこそ女だからって舐められるんじゃねーぞ》

アッカンベーしている顔のマークを返した時、電車がホームに滑り込んだ。

牛丼屋に着いたのは、まだ11時前だった。

昨日よりも、ずっと客の姿は少ない。

見渡したところ、店員は二人だ。昨日聞き込みをした店員の姿は見られなかった。

カウンターに腰を下ろし、近付いて来た店員に食券を渡しながら、「ちょっといいですか？」と手帳を提示した。

店員の胸の名札は、昨日シフト表で確認してもらった名前だ。

「ああ……昨日来たっていう刑事さん？」

女の刑事が聞き込みに来たという噂は、バイト仲間の間にすぐに広まったらしい。

　あっという間に差し出された牛丼には手を付けず、真帆はスマホの写真を店員に向けた。

「二週間前の月曜日ですが、その日はお店に？　この人物に心当たりはありませんか？」

　少し眺めてから、店員は「たぶん、見たかも」と言った。

「間違いないですか？」

「うん。オレ、一日置きのバイトなんだけど、二、三回見たと思う」

　店員は自信ありげに言った。

「その人は誰かと一緒でした？」

「うん、最初だけ似たような歳の男と一緒だったよ。キャップ被ってサングラスしてたから顔は良く覚えてないけど……今風な、シュッとした感じ」

「親しい様子でした？」

　少し考えて店員は笑った。

「多分……食べながらめっちゃ喋ってて、早く喰って帰ってくれって思いましたよ。喋るんだったら、ファミレスでしょ？」

　と、独り言のように喋る店員が、何か思い出したような顔で言葉を止めた。

「そう言えば……金の話をしていたみたいだったな」

「金……？」

「とりあえず、一千万……とか」

「どっちの男がですか？」

店員は真帆のスマホの画面を指した。

「この男。何だか景気のいい話してんなって思ったんだ。３５０円の牛丼喰いながら、一千万ってさ……」

「それ、相手を脅しているような感じとか？　相手はどんな反応でしたか？」

「良く覚えてないけど……別に険悪な感じはなかったと思うよ。笑ってたし」

店員は、真帆の隣で立ち上がった客に「ありあと～っス！」と声を張り、「もういいスか？」と奥に向かった。

〈とりあえず、一千万……笑ってた？〉

冷めた牛丼を掻(か)き込むように食べ、真帆はすぐに席を立った。

〈二日続けて昼食に牛丼って……私って、どんどんオヤジ化してる〉

それでも、何も食べないで動き回るよりは恵まれている……。

気を取り直して外に出ると、いつの間にか小雨が降っていた。

いつも携帯しているビニール合羽(ガッパ)を取り出そうと鞄(かばん)を探っていると、真向かいの「漫画＆ネットカフェ　マイランド」が入るビルから出て来た男が、手にしていたビニール傘を開いた。

真帆は、思わず声を上げた。

「あのッ！　ちょっとすみません！」

急いで道路を横切り、男に近付くと、男が怪訝な顔で振り返った。

「そ、その傘……どこで買ったんですか？」

男は、不思議そうな顔で答えた。

「買ったんじゃなくて……店から借りたんだけど」

男は、真帆の背後を指した。

ビルの二階のガラス窓にあるロゴマークに、真帆は息を飲んだ。

昨日、どうしてこのロゴマークに気付かなかったのか。

それは、岡田が遺体で見つかった台風の朝、コンビニの防犯カメラに映っていた岡田らしき人物が差していたビニール傘に見られたものと酷似していた。

「確かに、同じマークに見えるな」

新堂は、真帆が写メしていた店のロゴマークと、パソコン内の防犯カメラの映像とを見比べて頷いた。

スマホに写ったロゴマークは、濃紺の四葉のクローバーだ。

防犯カメラに映っている傘のマークはぼやけてはいるものの、同じものに間違いはなかった。

「前も漫画カフェで［満喫クローバー］という店名だったということです。居抜きで今のチェーン店が買い取ったらしいですが、外装のロゴマークや備品はそのまま使用しているそうです」

　あれから［漫画&ネットカフェ　マイランド］に駆け込み、昨日の店長から聞いた話をした。

「やっぱり、この傘を差した男が岡田に間違いないと思います」

「じゃ、岡田の前に通り過ぎた黒いフードの男が怪しいってわけだな」

「はい。その黒いフードの男が岡田の持っていた傘を差して帰っているんですから」

　真帆は、映像を早送りして、雨の中を通勤の人々に混じって黒いフードの男が通りかかったところで映像を静止させた。

　それまで黙って見ていた吾妻が唸った。

「そのフードの男と、牛丼屋の男は同一人物？　だとしても……何で大人しく絞殺されたのか……しかも、抵抗もしないで？」

　古沢と山岸も頷いた。

「動機が分かんねぇな……」と古沢。

「知り合いだったのは間違いないですね」と山岸。

「自殺幇助ってことはないですか？」吾妻が新堂の顔を見た。

　真帆がすかさず反論する。

「岡田は、前日に父親に就職が決まったって電話してるんですよ。仮にその直後に就職が反故(ほご)になるようなことがあったとしても、いきなり自殺なんてするでしょうか」

「自殺願望があったなら別だけど、自殺って、たいがいは衝動的なもんじゃないか」

「実行は衝動的だとしても、そこに行き着くまでは長い時間逡巡(しゅんじゅん)するんじゃない？」

「だから、五年近く服役していた間に将来を悲観して死にたくなったけど、ムショでは自殺できないから……」

「ムショって言えば、あんた、岡田と同じ頃にムショ入りしてた人物と岡田の接点を調べてたんじゃなかった？」

「ああ、仰せの通り調べましたよ！　でも、それらしき人物はまだ見つかってはいないんだってば！　もう自殺で決りだってば！」

「違う！　絶対に自殺は有り得ないってば！」

いつの間にか真帆と吾妻の言い合いになっていて、気が付くと他の三人が笑いながら二人を見ていた。

「おまえら、けっこういいコンビになってきたな」

二人は無言で顔を見合わせ、直(すぐ)に視線を外した。

刑事の未来　V

約束の時間まで、まだ二時間以上あった。

簡易シャワーを浴び、ロッカーに常備してある白いシャツを取り出した。

普段は淡いグレーのシャツを好むが、気持ちを引き締める必要がある時は、必ず真っ白なシャツに袖（そで）を通す。

迷いが生じているという自覚があるからだ。

あの女が約束を反故にすれば、芦川の仕事はまた振り出しに戻る。

第一段階の、女の所在確認と接触は完了した。

後は、調査書に添付されていた誓約書にサインを貰（もら）えば芦川の仕事は完了する。

単純で容易な仕事を、自ら複雑にしようとしている自分がいた。

あの時、それを要求しなかったのは、女が最後に言ったひと言だった。

『あたしを……殺しにきたの？』

一課の室内にはすでに多くの刑事や職員の姿があった。

外に出る前に調べたいことがあり、自分のデスクのパソコンを開いた途端、すぐに上着のポケットでスマホが震えた。

着信画面の［課長］の文字を見て、芦川は急いで席を立った。

ワンギリは承知の上だ。周囲の目に気を配りながら、早足に地下駐車場に向かう。

課長の沢渡の公用車は濃紺のセダンだ。

探すまでもなく、すぐに運転担当刑事が芦川に駆け寄り、セダンに導いた。

後部座席に乗り込んだ芦川に、隣に座る沢渡が柔和な顔を向けた。

「で……その後うまくやっているのかね」

その後と言うほど時間は経過してはいない。この男は一体何を焦っているのだろうかと芦川は思った。

芦川が曖昧な返事をすると、沢渡は、少し顔を寄せて呟いた。

「私も、大事な君を差し出した責任はあるつもりだ。困ったことがあったら、私に相談してくれれば良い……」

一昨日は、責任は一切取れないと言った口が、今は逆のことを言っている。

芦川は、目の前の直属の上司を改めて見つめた。

沢渡は定年前に汚点を残すことを避けているだけだと思っていたが、それは芦川の考え違いだったようだ。

「今まで、君には良い仕事をしてもらったと思っている。お陰で私も警視総監から目をかけて貰えるようになった……これから定年までの数年の間だが、君にはずっと私の傍にいてもらいたい。今回の副総監の依頼の結果とは無関係にね」

沢渡は、上体を反らし、少し声色を変えて言った。

「君なら、この意味は分かると思うが」

沢渡が言いたいのは、今回を機に副総監に寝返りを打つなということ。そして、できれば副総監の弱点を摑んで報告しろと言うことだ。

そして、定年までの数年で、副総監のポストを狙っているということなのだろう。

芦川は、そういう沢渡の卑小さは十分理解している。

「ありがとうございます。今回の仕事が無事に終了しましたら、またお役に立てるよう努めさせていただきます」

「ま、来月には通常勤務に戻ってもらうから、そのつもりでいるように」

芦川の当たり障りのない返事に、沢渡は憮然とした顔で車を降りた。

沢渡の思惑など、芦川でなくとも容易に理解できる。

自分は、端から沢渡など相手にしてはいない。

自分が上がる階段の一段にしか過ぎない。

しかも、その一段目は上りきってしまった。

沢渡は、自分の計算通り、一年も経たずに靴の裏の存在になった。

解き放たれた犬は厄介だということに、沢渡はまだ気付いてはいない。

飼われた犬が従順なのは、飼い主の愛情が信じられるからだ。

その逆であれば、当然、犬は脱走を試みるだろう。

「このまま任務にあたられますか？　課長からは、自由に車を使って良いとのことです。どこにでもお連れいたしますが」

運転席の若い刑事がバックミラーごしに目を合わせてくる。

芦川は無言で視線を逸らし、車を降りた。

ドアを閉める瞬間、若い刑事の舌打ちが聴こえたような気がした。

この副総監の依頼は、芦川が思っていたより何か重大な事実が隠されているに違いないだろう。

『あたしを殺しにきたの？』

あの菅野美波の言葉は何を意味しているのだろう……。

芦川は、香り高い珈琲を口に含みながら、美波を待った。

ホテルのロビーには、平日にも拘らず、チェックアウトを済ませたカップルや外国人観光客が、それぞれの席で談笑している。

このホテルは利用したことはないが、芦川は都心のホテルのロビーが好きだった。

旅行客の非日常の一コマを眺めるのは面白いものだと、以前から芦川は思っていた。

それに、何故か、落ち着く……。

一人なのに、一人ではないような……そして、今のように誰かを待つことの高揚感。

芦川は、久しく感じていなかった気持ちのまま、観光客らしい白人の家族を眺めていると、その向こうから白いコートの女が芦川に向かって歩いてくるのが見えた。

その瞬間、芦川の脳裏に、同じような光景が蘇（よみがえ）った。

雑踏の中から現れる、白いコート……。

美波は足早に近付いて芦川の前に腰を下ろし、初めて笑顔を見せた。

刑事の使命　Ⅵ

事件が大きく動いたのは、翌日の夕方だった。

昨日同様、真帆と吾妻が顔を突き合わせて、五年前の裁判記録を読み直していると、新堂のデスクから大きな声が上がった。

「班長、他殺死体が‼」

古沢の大声に続き、新堂のデスクの電話が鳴り響いた。

「……ん……分かった。すぐに臨場する」

受話器を持ったまま、新堂が古沢に向かって声を張った。

「和田堀(わだぼり)公園に他殺死体！　フルさんと山岸、島(しま)さんたちと現場に行ってくれ」

島さんたちとは、古参の刑事率いる地域課の刑事たちだ。

了解！　と古沢たちが飛び出して行くと、新堂は真帆たちに顔を向けた。

「椎名と吾妻は引き続き、岡田の件を洗ってくれ」

「何だか、定年間際で閑職に回された会社員みたいだな」

吾妻の車の中は、先日と同じ匂いが立ち籠めていた。

真帆はウィンドウを下げて露骨に深呼吸をする。

「嫌なら古沢さんたちと合流すれば？　こっちは私ひとりで大丈夫だよ」

真帆が呟くと、吾妻は黙って車を発進させた。

数分前、駐車場に下りるエレベーターに吾妻とともに乗り込むと、あの吾妻のカノジョの相田那奈の顔があった。吾妻と那奈は片手を少し上げて微笑んだが、当然、真帆を意識して言葉は交わさなかった。一階で那奈が下りるまでの居心地の悪い数秒間は、真帆にはとてつもなく長く感じた。

「今日は定時には帰れないね」

「分かってる……」吾妻は何の色もない声を出した。

「もう5時過ぎじゃん。これから八王子に行ったら、うまくいっても帰りは8時くらいかな」

「分かってるって……」

吾妻の車は環八から中央自動車道に入る。

目的地は八王子市内にある北八王子署だ。

調査資料の再確認と、先日会った北沢西署の三沢刑事も疑っていた、二審の裁判時に初めて提出された岡田のDNAの出所を探るためだ。

『俺の考えだが、あれは本庁か、もっと上からの指示だったのかもしれねぇ』

北沢西署の三沢刑事が別れ際に呟いた言葉が、ずっと引っ掛かっていた。

憶測だとしても、今はあらゆる可能性をひとつずつ潰して行かなければ、到底、岡田の他殺の証拠には辿り着けそうもなかった。

「ひとつでも証拠が見つかったら、もっと簡単に材料を揃えてもらえるのに……何だか本当に行き詰まった感じ……」

「捜査は足でっていう時代は終わったはずなのにな」

「捜査自体が承認されていないんだから仕方ないけどね……」

体の芯に力が入らない。シートに凭れていると、このまま寝入ってしまいそうだ。

「珍しく弱気じゃん」

ふふん、と吾妻が笑った時、真帆の携帯が高らかに鳴った。

『椎名、おまえ、葛城とかいう男のことを気にしていたよな？』

新堂の声が眠気を吹き飛ばす。

「はい。何か情報が？」

『さっき和田堀公園で見つかった変死体が、その男かもしれない』

「えッ……!?」

バネ仕掛けの人形のように、真帆の上体が跳ね起きた。

急遽八王子行きを変更し、真帆と吾妻が荻窪東署に戻った時には、すでに『和田堀公園殺人事件』という張り紙が会議室の入り口の前に見られた。

「……手元の資料にあるように、被害者の氏名は葛城良樹二十七歳。無職。所持品は特になく、上着のポケットに現金数千円と銀行のキャッシュカード、商業施設のポイントカードが入った財布が残されており、氏名はそのキャッシュカードから判明した。死因は後頭部を何か硬い物で殴られたことによる脳挫傷。死亡推定時刻は昨夜10月13日の23時から24時の間。凶器は発見されてはおらず、有力な目撃情報も報告されてはいない……」

新堂班の席に向かう間も、刑事課長の藤沢警部の緊張した声が聞こえていた。

見渡したところ、地域課と刑事課の刑事の他に、本庁の若手刑事が数人と一人の管理官の姿が見られた。署長の宇野警視の姿はない。

「署長はどうしたんですか？」吾妻が前に座る古沢に小さく尋ねた。

古沢が待ち兼ねたように嬉しそうな顔で振り返った。

「ヤロー、昨夜家の階段から落ちて足首を捻挫したんだとよ。タダ酒飲み過ぎて酔っ払って帰ったんじゃねえか？」

署長の宇野が、管轄内の商店街の接待を受けているという噂は誰もが知っている。

真相は定かではないが、有り得なくもない。

手元の資料を見ると、発見現場は和田堀公園に沿って流れる善福寺川の護岸とある。資料の中の遺体写真は、4メートルほどの傾斜面の下方に仰向けの状態で転がっていた。後頭部の写真には、先刻の課長の言葉どおり多量の出血が見られた。

「第一発見者はジョギング中の近隣に住む中年夫婦。妻の携帯からの通報は16時過ぎ。以上が今までの捜査で分かったことだ。付近の防犯カメラの映像の回収なども含め、後は各班で捜査計画を立てて早期解決に尽力するように」

久しぶりの指揮担当に、課長の声は緊張の中にも嬉々としたものが溢れている。

〈これが、葛城……K……？〉

真帆が想像していた風貌とは、少し違った。

真帆は、岡田と牛丼屋で一千万円の話をしていた相手がKこと葛城だと推測していたが、牛丼屋の店員が言った「キャップ被ってサングラスして……シュッとした感じ」という表現には遠いように感じた。

シュッとした、とは輪郭がスマートで、どこか都会的なイメージのことを言うのだろうが、写真の遺体は、少し小太りで、どちらかというと子どもっぽい印象で、都会的と言うのとは違うように真帆には思えた。

服装も、安手のパーカーに、着古したようなスウェットパンツだ。

「何かヤサグレた感じだね……生活に困ってたのかな」

独り言を言ったはずだったが、隣に座る吾妻が反応した。

「だから、住所不定って言ってんだろうが、ばーか！」

「それって、ヤサがないってことじゃなくて、住所がまだわかんないってことじゃん、そっちこそバカじゃないの？」

捜査員たちが退室をする中、言い合いする二人に古沢の怒声が飛んで来た。

「おまえら小学生のガキじゃねぇんだから、さっさと部屋に戻れ！　班長を待たせるんじゃねぇ！」

すでに報道各社に発表があったらしく、ネット内には《和田堀公園内に男の変死体。殺人の可能性》の文字が多数のニュースサイトに表れた。

「これで岡田とガイシャの関係がはっきりすれば、岡田の他殺説にも信憑性が出てくるな」

新堂の言葉に、真帆たち四人全員が頷いた。

「じゃ、連続殺人の可能性も出てきますね」

「仮に、真犯人をXとして……岡田と葛城を殺す動機を持つ者……」

「まずは、班長が言うように岡田と葛城の関係だな」

「岡田の父親に接触していたKが葛城だとしたら、関係性は間違いなくある」

「葛城みたいな若者が岡田の父親の友人とは思えないから、岡田の知り合いだった可能性の方が高いよね」

岡田の死に事件の可能性があることが認められれば、五年前の岡田の事件の詳しい調査報告や、証拠とされたDNAの謎も解かれるかもしれなかった。

葛城の住居は、まもなく判明した。

銀行のキャッシュカードの名前と口座番号から、登録時の現住所開示を銀行に求めたのだ。

中野区野方七丁目四の六、メゾン・カメリア204号室。

19時近くになって、アパートに駆けつけた地域課の刑事から新堂班に連絡が入った。

受話器を取った新堂が、電話をスピーカーに切り替えた。

「もぬけの殻って、どういうことだ？」

『部屋に人の気配がないから大家に鍵を開けてもらったんですが、部屋の中は大型家電とゴミが散らばっているだけで、何もないんです』

真帆も聞き慣れている地域課の若手刑事の声が聞こえて来る。

『大家の話では、昨日の昼に家賃の催促に行った時は普段と変わらない様子だったらしく……女が月末までには必ず払うと言っていたらしいんですが、昨夜のうちに二人ともトンズラしたみたいです』

「二人？……女と同居していたのか？」

『はい。借り主は同居していた女だったらしいです』

聞いていた全員が、それぞれ顔を見合わせた。

「女の名前は？」

『ええと……菅井ナミです。ただ、大家の話ではスガイさん、と呼んでも無視されたこともあったそうで、偽名かもしれないと言っていました。この部屋は事故物件だったから不動産会社を通さずに貸したそうです……』

スガイ　ナミ

タブレットに記した真帆の手が止まった。

「岡田亮介……太田真介」

何度も呟くうちに、確信に近いものが生まれてくる。

《人が偽名を使う時は、本名に似せる場合が多い。

自分自身が失念しない用心のためだ》

〈確か……五年前の事件の被害者女性って……〉

真帆の胸がトクンと跳ねた。

刑事の未来 VI

「私、本当に殺されるかもしれないの」

昨日、菅野美波は椅子に腰を下ろすなり、笑顔を直に消して真顔になった。

美波が指定したホテルのロビーは、私鉄の駅に直結する利便性とリニューアルしたばかりの内装の美しさからか、外国人の観光客の姿が多く見られた。

芦川たちの席の周りにも、声高に話す中国語や韓国語が飛び交っていて、二人の会話が他人に聞かれる心配はなかった。

夜の街明かりの中で見た時と、ロビーの明るい照明の中で見る美波は別人かと思うほど印象が違った。昨夜とは違いノーメイクらしく、ひどく地味な印象を受けた。

「どういうことですか？」

「そのままの意味です。貴方、本当に警察の人ですよね？　あの事件って、まだ捜査中なんですか？　もう終わったことですよね？」

焦りを隠せないように早口で一気に話すと、美波はようやく深い呼吸をした。

「事件の捜査ではありません。貴女の所在確認と、交渉の依頼を命じられたんです」

「交渉……？」

瞬間、美波が訝るような目で芦川を睨んだ。

「ええ。この書類にサインを頂ければ……」芦川は鞄から一通の封書を取り出した。

芦川に、その内容は報されてはいない。

封筒の頭を破り、中の紙に目を通した美波が、鼻先で笑った。

「やっぱり、そういうことか……いいわよ、サインしても。ただし条件があるわ」

美波は芦川に顔を少し近付けた。

条件は二つあった。

ひとつは都内に今夜中に借りられる部屋を契約すること。

「事故物件でも倉庫でも何処でもいいわ。私、今のアパートを今夜中に越さないと殺されるんだから」

美波は、満更大袈裟でもないような声色で言った。

「さっきから、物騒な言葉を使っていますが、誰が貴女を手にかけるんですか？」

「心当たりはあるわ」

「大丈夫ですよ。私には、貴女を護衛する任務も含まれています」

その命は受けてはいないが、女の警戒心を解くには必要な言葉だと思った。

「……貴方、これに書かれていること知ってるの？」

美波は、紙をヒラヒラさせて見せた。

芦川は首を左右に振り、「私が知る必要はありません」と答えた。

五年前の事件の被害者に対して、今更何のために所在確認と交渉の必要があるのかとずっと疑問のまま動いているが、これ以上興味を持つのは危険だと感じている。

美波の所在確認後、誓約書のような書類にサインをさせれば任務終了。引き換えに何が用意されているのかは分からないが、自分にとってマイナスになることはないだろう、と芦川は思う。

「もうひとつの条件とは？」

「言うまでもないと思うけど、今のアパートと、引っ越し先の住所を誰にも言わないこと。そうしたら、すぐにサインして渡すわ」

芦川は直に頷いた。

理由は分からないが、住居を移動したところで、この女はすぐにまた別の場所に移動するだろうと思った。

五年前の事件に関係している誰かにとって、美波は厄介な存在であることは明白だった。誰にかは分からないが、「殺される」という女の言葉も大袈裟ではないのかもしれなかった。

美波の斜め後ろのクラシカルな時計に目を移す。

もう数分で11時になろうとしていた。

「今からすぐに不動産屋を当たります。見つかり次第連絡を入れます」

芦川は私用のスマホの番号をメモし、テーブルの上に差し出した。

美波はすぐに自分のガラケーを取り出し、電源を入れて芦川の番号に送信した。

「ずっと使っていなかったの。居場所を知られたくないから」

「分かりました。では」

立ち上がる芦川に、美波が言った。

「貴方を信じていいわよね？」

美波の瞳の中に、何か揺るぎない決心のようなものを感じた。

不覚にも、その顔に一瞬だけ見蕩れた。

「ね、いいわよね？」

美波の語尾が掠れた。

その切実な表情に、芦川は深く頷いた。

美波に同情したわけではなかった。

真実がどうあれ、美波は五年前に警察官が起こした事件の被害者であるのに、何故か警察上層部が関与する立場なのだ。

美波と別れてから、芦川は、珈琲スタンドのカウンターで美波の調査資料を再確認した。

菅野美波の出生地は足立区千住双葉町。母親の名前はあるが、父親の欄は空白になっている。その空白を埋める人物と、あの書類が関係しているのか。

副総監に今回の調査を依頼したのがその人物だとしたら、何故、美波は先刻のように恐怖に脅え、急遽、家移りまでしなくてはならないのか――。

美波は誰から逃れようとしているのか――。

そして、誓約書らしき書類の内容は何なのか――。

興味を持てば、自身の将来に暗い影響があることは確実だろう。

ただ、刑事としての自尊心が体のどこかで疼き始めていた。

約三時間後、芦川は美波にショートメールを送った。

アパートやマンションに空き部屋はあったが、即入居可の物件は見つからなかった。

無論、警察手帳を提示し、警察への捜査協力として鍵を得ることはできたが、情報が外部に漏れる危険性は十分にあった。

芦川は小型のセダンをレンタルし、新宿区内の不動産屋を巡った。

結局、簡易な賃貸契約書に芦川がサインできたのは夕方の4時過ぎだった。

まともに大手の不動産屋が相手にしてくれる条件ではなく、大久保の商店街の中の小さな不動産屋が紹介してくれたのは、四谷三丁目の裏通りにある古いビルの住居兼貸店舗の一室だった。半年分の家賃の前払いが条件で、契約者も美波の氏名だけで保証人も身分証も必要なかったことに、芦川は驚いた。

代理人だと名乗った芦川を怪しむ様子もない。

『どうせまともに契約できないヤツが住むんだろ？　一年くらいなら目をつぶるよ』

不動産屋の男は訳知り顔で鍵を差し出した。

芦川は、おそらく以前に何かしら事件を起こした物件だろうと思った。

調査書のファイルに挟まれていたカードを使った。［ヤマダシンイチ］と裏書きされたビザカードだ。おそらく偽名であり、カードの所有者は警察上層部にいるはずだ。

その住所と建物名、外観の写真を美波の携帯に転送すると、すぐに返信がきた。

《ありがとう。今夜中に移動します。例のものは明日の午前中に取りに来てください》

例の物とは、あの書類のことだ。

それを受け取り副総監に渡せば、芦川の仕事は終了する。

そう考えた時、芦川は胸の中に何か寒々としたものを感じた。

すぐに立ち去るはずだった貸店舗の斜め前のパーキングで、芦川は、その時を待った。

おそらく美波が現れるのは深夜だろうと覚悟したが、意外にも、それらしき軽トラックは、22時を少し過ぎた頃に暗いビルの前に停車した。

美波一人で来るとは、もちろん芦川は思っていなかった。

スナックの同業者のママが言っていた、ヒモだという男も一緒に違いない。

そして、おそらく、その男は五年前に八王子のアパートに隣同士で住んでいた男だろうと思った。

案の定、運転席から若い男が下りてきた。続いて美波も助手席から下りると、二人は錆びたシャッターを静かに押し上げた。扉に芦川が貼り付けておいた鍵を使い、暗い室内に姿が消えた。少ししてガラス窓に薄い明かりが点り、二人は軽トラックの荷台から段ボールを幾つか運び入れた。

男は小太りにも拘らずいかにも脆弱そうで、敏速に荷物を運び入れる美波とは逆に、荷物を抱えたまま足をふらつかせたりしていた。

美波が長年入れ揚げるほど、あの男のどこに魅力があるのだろうと、芦川は不思議に思った。

30分足らずのうちに二人が荷物を部屋に運び入れると、男が一人で外に現れ、軽トラックを発進させた。

反射的に、芦川もアクセルを踏んでパーキングを出た。

軽トラックはUターンをして、再び新宿通りに出た。

まだ荷物が残っているのか、前のアパートがある環七方面に走って行く。

芦川にとっては、その男は調査対象外の人物だ。男を追うことより、美波の行動を監視するのが重要だったにも拘らず、芦川はアクセルを踏み続けた。

青梅街道で一度見失ったが、環七に出た高円寺陸橋下交差点で右折した瞬間に、数台前を走る軽トラックを見つけた。

やがて軽トラックは左車線へと速度を落とすと、住宅街に通じる道を左折した。

細い道路を何度かハンドルを切り、軽トラックは古い鉄骨アパートの前で停車した。

その前を通り過ぎ、数メートル離れたところで芦川はブレーキを踏み、車の外に出た。

男が運転席から下り、二階への階段を上がって行った。

アパートの外壁に［メゾン・カメリア］という文字が見えた。

男は幾つかあるドアのひとつの中に姿を消すと、明かりも点けずにしばらく出てこなかった。

芦川は、アパートからは死角になる電柱の陰で、二階を見上げていた。

何故男を尾行しようとしたのか、芦川は自分でも説明がつかなかった。

刑事の勘などとは違う。もっと単純で衝動的な何かだ。

急に、意味の無い行動をした自分に恥じ入り、車に戻ろうとした時、男が部屋から出てくるのが見えた。

男はスマホで誰かと話している様子で、芦川には気付かず傍を通り過ぎて行く。

「ああ、……住所は金と交換だ」

芦川の足が動き、男の後を歩き出した。

「もうカンベンしてくんないかな……もう五年だぜ、いい加減あのオバさんとは縁を切りたいんだよ……俺はタイかどっかに行って、若い女と暮らせたら一生黙っているって男が立ち止まって、煙草に火を点けた。

「……じゃあ、これから取りに行く……早く戻らないとオバさんに怪しまれるからな。浮気してんじゃないかってさ……もうウンザリなんだけど」

男は電話を切って、煙草を吹かしながら歩き始めた。

芦川は、思わずその背中に声をかけた。

「ちょっといいですか」

男が振り返った。「何だよ……」

「オバさんって、菅野さんのことですか？」

男は、ポカンとした顔になった。

「あんた……誰？」

「……」


あの時の男の顔を、芦川は一生忘れられないかもしれないと思った。

拳を受けた頬がまだ痺れている。

始業時刻と同時に、捜査一課長宛てに有休願のメールを送信した。

そしてまた泥のように眠り、目が覚めた時、部屋の中には西日が差し込んでいた。

返信はまだなかったが、四日前からの特命は、課長も承知の上だ。

洗面台に立ち、鏡の中の自分を見つめる。
何故、こんな成り行きになってしまったのか――。
芦川は、リビングのソファでまだ眠っている美波を振り返った。

刑事の使命　Ⅶ

葛城良樹が殺された。

その事実は、真帆の推理が真実に近付いたことを意味していた。

「偶然ってことは……さすがにないか、それは」

吾妻がハンドルを左に回しながら、真帆に視線を送った。

荻窪東署を出たのは、19時過ぎ。葛城と女が住んでいたという中野区野方に向かって車を走らせていた。

二人が住んでいたアパートの大家の聞き込みだ。

「岡田と葛城は必ず繋(つな)がっているはず。岡田が逮捕された頃から父親と懇意にしていたようだし……」

Kと書かれた人物が葛城である決定的な証拠はまだ摑(つか)んでいないが、真帆は、自分の勘を信じていた。

「仮に、葛城が岡田を殺したんだったら、動機は何か……」

吾妻が呟いた。

「そして、葛城を殺したのは誰か……だね」

「うん。二人とも五年前の事件に関係しているのかも……」

真帆の今一番の関心はそこにある。

当事者の岡田、その知り合いらしき葛城。

そして……。

「スガイ、ナミ……スガノ、ミナミ。同一人物かもしれない」

「何だかいろいろ辻褄があってきたな」

「当時の捜査資料をもう一度徹底的に調べる必要があるね」

真帆の言葉に頷いてから、吾妻は少し笑った。

「おまえ、最近はマトモな刑事らしくなってきたじゃん」

「あんたに言われたくないんですけど」

「……なんだよ、褒めたんだぜ。ったく女ってメンドクセエな」

車が青梅街道から環七を左折した途端、渋滞に捕まり、信号に二回青が灯っても渡りきることはできないでいた。

いつもとは違い、吾妻は何故か苛つくように舌打ちを繰り返す。

おそらく、あのカノジョとはうまくいってないのかもしれないな、と真帆は思った。

真帆は曜子の言葉を思い出した。

「愛しているか、憎んでいるか。信じているか、疑っているか……」

「何だ、それ……？」

大して興味なさそうに、吾妻が訊いた。

答えようと口を開きかけた時、内ポケットの公用スマホが震えた。

車内に、スピーカーに切り替えたスマホから新堂の声が響いて来た。

『何だか、厄介なことになってきた……』

「どういうことですか？」

『椎名、警視庁の芦川巡査部長の同期だったよな？』

新堂の意外な言葉に、真帆の心臓が跳ね上がった。

「あ……はい、そうですけど」

運転席で、吾妻も息を止めているのが分かる。

『これから送る動画をちょっと見てくれないか』

真帆は素早くタブレットを取り出した。

吾妻が車列を抜け出し、歩道に左車輪を乗せて停車させる。

ただちに受信したファイルを開くと、どこかの夜の住宅街の映像が現れた。

先日、匿名で署に送られてきた岡田の動画同様、防犯カメラの定点映像ではなく、明らかに何者かがスマホで撮影した動画だ。

撮影者は、家のブロック塀の角から斜め向かいの電柱に佇む人影を映しているようだ。電柱に明かりは点いているものの、その明かりを避けるように暗がりに佇んでいる、黒っぽいコート姿の男が確認できる。

すると、フレームの左からパーカー姿の若い男が歩いてきて、電柱の陰に潜む男の前を通り過ぎて行く。片手を耳に当てている様子から、スマホで会話をしているように見える。

「あれ……この小太りの男は葛城じゃないか⁉」

吾妻が横合いから声を出した。

確かに、背格好は葛城に良く似ている。

『ああ、科捜研の顔認証で99パーセントの確率で葛城と分かった』

吾妻の声を受けて新堂が答えた。

その葛城が何かを喋りながら通り過ぎると、電柱の陰からコートの男が動き出し、その後をゆっくりとついて行く。

カメラはコートの男の動きに合わせてゆっくりと移動する。

突然、前を歩く葛城の足が止まり、喋りながら煙草を取り出し火を点けた。

その背中に声をかけたのか、葛城が振り返る。カメラと二人の男たちの距離は7～8メートルくらい離れていて、二人が何か言葉を交わしている様子だが、その内容は聴き取れない。

フレーム右から車のヘッドライトが光り、一台のワゴンが二人の横を通り過ぎて行く。その光に照らされた男の顔に、真帆は息を飲んだ。

〈まさか……！〉

その途端、いきなり葛城が走り出し、何かを叫んでコートの男も後を追って走り出す。

動画は、その後ろ姿が小さくなって闇に消え、黒い画面に白い時刻表示が表れると、そこで暗転する。10月13日 ＰＭ23：18。

真帆は、動画を逆再生し、ライトに照らし出された男の顔を停止させ、拡大する。

『フルさんや山岸にも確認を取った。俺も彼の顔に見覚えがある』

「あ……アイツ！」

吾妻が唸るような声を出した。

『電柱の陰で待ち伏せしていたのは、芦川巡査部長に間違いないか？』

真帆はようやく掠れた声を出した。

「はい……芦川さんだと思います。でも、班長、どうして……？」

『先日送られてきた岡田の動画とは別のアドレスからで、送り主が同一人物かは不明だ。ただし、今回はタイトルが付いていた』

「タイトル？」

『STRAY DOG……野良犬という意味だ』

「葛城の死亡推定時間は確か……」

吾妻が再びハンドルを握りながら真帆に話しかけた。

「芦川さんは、そんな人じゃない」

「感情的になんなよ。さっき刑事らしくなったって言ったけど取り消すわ」

「……」

冷静でいたつもりだったが、新堂の電話が切れた途端、真帆は混乱する気持ちを抑えることができなかった。

「どうする？　俺はこのまま野方に向かうけど、帰るんなら、降りていいぞ」

吾妻の優しい声が、妙に癪に障る。

「何それ……行くに決まってるじゃない」

真帆の答えは分かっていたかのように、吾妻はスピードを緩めることはない。少し前までは渋滞していた車列も、野方近くの大和陸橋下に差し掛かる頃にはスムーズな流れを取り戻していた。

頭も胸も、全身が騒いでいるのが分かったけれど、吾妻の声で少し救われたのも事実だった。

〈芦川さんは、何故、葛城に接触していたのか……まさか、あの後……〉

「芦川が接触していたとしたら、葛城は本庁一課の捜査対象だったってことだよな。いつから葛城を追っていたのかな」

「本庁の仕事とは限らないよ……芦川さんの個人的な理由だったかもしれない」

真帆は、気持ちとは真逆のことを口にした。

他人に否定されたら、少しは胸のざわつきが静かになるかもしれなかった。

「それはない、と思いたいだろ？　本庁特捜部の別件ってこともあるしな」

芦川の私的な行動ではないと否定はされたが、真帆の胸のざわつきは少しも納まらなかった。

〈そういえば……この前、芦川さんは何でいきなり私に電話をしてきたんだろう〉

真帆が芦川を本庁前で見かけた日、芦川も真帆を見かけたと言って、翌日に電話をくれたことを思い出す。

遠い日のことのように思えたが、考えてみればまだ二日しか経ってはいなかった。

そのことを吾妻に言うべきか迷っている間に、吾妻は商店街にある小さなパーキングに車を停めた。

「とりあえず芦川のことは一旦忘れろ。葛城の身辺から調べていけば、必ず芦川の行動にも説明がついてくるはずだ」

吾妻は気持ちを切り替えるように、勢いよくシートベルトを外した。

真帆が思うより、吾妻は芦川に敵対心を抱いているわけではなさそうだ。

以前は、早々と昇任試験に合格した芦川を妬んでいるような発言があったが、何故か今日はそれを感じさせない物言いだ。

吾妻に続いて車を降りると、真帆はその背中に問いかけた。

「芦川さんが葛城の死に関係していると思ってる？」

「さあな……あの動画がまだ他に流出してなければ、芦川に嫌疑がかかることはないだろうし、俺は……」

吾妻が足を止めて真帆と目を合わせた。

「あの出世欲の塊みたいなヤツが、あんなチンピラみたいな男と個人的な関わりがあるとは思えないからな」

吾妻は再び真帆に背中を見せると、スマホで大家の住所を検索しながら商店街の明かりの中を歩き始めた。


ほどなく、吾妻は一軒のスナックのドアを開けた。

途端に、後に続いた真帆の耳にも聞き苦しい中年女の歌声が飛び込んでくる。

木製のドアに架かっていた看板には［歌声スナック　みやこ］とあった。

カウンター席の他にボックス席が三つほどの、入り口の狭さの割には広い空間が広がっている。客は二つのグループとカウンターに男が一人。

愛想のいい笑顔を向けてきたママらしい中年女に、吾妻が手帳を提示した。

「あら……うちは何も違法なことなんかしてないわよ。ごらんの通り、女の子も雇ってないし、私と姉と二人でやってるんだから」

中年女が奥を示すと、調理台の陰から、更に年嵩の女が立ち上がって近付いて来た。

「ヤエちゃん、刑事さんたちは私に用事があるんじゃない？」

「どういうこと……？　あ……あのことか」

女は納得したように、姉だという年嵩の女の後ろに退いた。

「鈴木美也子さんですか？　ちょっと伺いたいことが……」

真帆が手帳を提示しながら声を上げるが、盛り上がっている客の歓声で聞こえなかったらしく、ドアの外を指差した。

スマホに転送しておいた資料によると、ママの鈴木美也子は69歳。地元商店会の副会長と記されていた。

迷惑そうな顔をしながらも、ママはどこか弾んだような歩き方で外に出て来た。

「今日、警察から電話があった件でしょ？」

「はい。鈴木さんがオーナーをなさっているアパートの件で伺いたいことが……」

「伺いたいのはこっちの方なんだけどね……見つかったの？　あの人たち」

「昨日、夜逃げされたと聞いてますが、あの後……ナミさんから連絡などは？」

真帆はタブレット内の捜査資料を確認しながら尋ねた。

「ないわよ。ったく、恩知らずもいいとこよ。二年前に入る時だってさ、お金がないって言うから不動産通さないで貸してやったのにね」

ママの話によると、菅井ナミと名乗った女は、商店街の中にある、カラオケスナック［アカシア］でアルバイトを始めた女で、住む所を探していたので安く貸してくれないかと、アカシアのママから頼まれたという。

「菅井ナミさんは、アカシアというスナックに勤めていたんですね？」

「そうよ。二年前くらいかな……最初は客だったみたいだけど、前にもどこかで似たような仕事をしていたらしくって、客のサバキが上手だったみたいね」

あの子がいたから、あそこは生き残ってこられたのかも……と小声になった。

「この商店街は人情商店街って言われていてね、古い店が肩寄せ合ってやってきたようなもんなのよ。丁度一部屋空いていたし、駅前の不動産屋もなかなか客を斡旋してくれないからさ……でもね、まさか男と暮らすとは思ってなかったのよ」

それまで、近くのマンスリーマンションにいたらしい菅井ナミは、契約したその日のうちにキャリーバッグひとつで引っ越してきたが、同時に男が棲みついていたことには長い間気付かなかったという。

「ヒモよ、あの男。アカシアのママに聞いた話じゃ、ほとんど家にいてゲームや競馬三昧で一日中引きこもっていたみたいでさ……何か昔悪い事でもして刑務所にでも入っていたんじゃないかって噂していたのよ」

「その男の人の名前はご存知でしたか？」

ママは即座に首を振った。

「ナミさんが、カツラギさんとか、ヨシキさん、とか呼んでいるのは？」

「聞いたことないわ、そんな名前。ナミちゃんはカレシとしか言わなかったわよ……あ、あの男が何かやらかしたの？」

今度は真帆が首を振った。

19時のニュースで葛城のことが報道されていたはずだが、本人の顔写真が出たわけではなく、名前を知らないママが、あの男と呼ぶ男と同一人物と気付くわけはなかった。

「昨夜、殺されたんです」

真帆の横で吾妻が言うと、ママは大きく口を開けて目を輝かせた。

「マジで……？」

真帆は、その歳に似合わない女の言葉遣いに少し驚いた。

「何かヤバい男だとは思ってたけど……あ……」

すぐにママは思いついたような顔になって何度か頷いた。

「そういえば、一昨日だか、ナミちゃんのことを聞いてきた人がいたわよ。縁談の調査だとかで……今時そんな調査するなんて、どこのエライ人が見初めたんだろうって思ったのよ……でも、本当はあの人がナミちゃんに横恋慕して、あのヒモ男を……あらやだ、怖～い」

〈まさか、その調査員って……〉

思わず吾妻の顔を見上げると、吾妻が眉間に皺を寄せて真帆を見返した。

「その調査員の人って……この人に似ていますか？」

　真帆は、タブレット内の動画を静止させた芦川の顔のアップを見せた。

「……そう、そう、多分、この人よ。ちょっといい男だったから覚えてるわ」

　放っておくといつまでも喋（しゃべ）り続ける様子のママを遮り、吾妻が切り出した。

「縁談の調査だって言ったんですね？　その後、アカシアに行ったようでしたか？」

「と思うわよ。電話かけたげようか？　今夜アカシアは定休日だからママは家にいると思うけど」と、光るクリスタルがたくさん付いたガラケーを取り出した。


「アカシア」のママが指定したのは、駅前のチェーン店のカフェだった。

　そのビルの五階に住居があるという女は、スウェットの上下にロングカーディガンという姿で、化粧っ気のない白い顔で現れた。歳の頃は、「みやこ」のママよりは少し下に見えた。

　少し雰囲気が異なったのは、その人工的に整えられた鼻先の下が、薄らと青みがかっていたことだ。

「ごめんなさいね、こんな格好で。休みなもんで……」

　真帆がイメージしていたよりも、おっとりした物言いで腰を下ろした。

　テーブルに差し出された名刺に、「スナック　アカシア　幸江（さちえ）」とあった。

「ナミちゃんのカレシが殺されたんですって？　ニュースを見て吃驚（びっくり）したわよ」

「ママさんは、葛城さんに会ったことがあるんですね？」

吾妻が口を開いた。

「会った、というわけじゃないのよ。時々ナミちゃんを迎えに来ていたのを見かけただけよ。名前はナミちゃんから聞いていたけど、ろくに挨拶もできない男だったわ。」

「この顔に見覚えはありますか？」

真帆の気は急いていた。

真帆がすぐにタブレットを差し出すと、幸江は画面を覗き込んだ。

「ああ……一昨日だったかしら。初めて来たお客よ。ちょっとだけ飲んですぐに帰ったけど」

「ナミさんと話をされていましたか？」

「ええ。ナミちゃん気に入られたみたいだから、常連さんになってくれるかしらと思ってたんだけど、肝心のナミちゃんが夜逃げしちゃうんだもの……」

「お願いした、ナミさんの写真を見せていただけますか？」

幸江は、スマホを取り出して店内で撮られたと思われる画像を差し出した。

カウンターの中でマイク片手に歌う姿の女だ。

現在は三十四歳のはずだが、年齢より落ち着いて見える。

「すごい美人ってわけじゃないけど、何か色っぽいのよね。目つき……かしら？」

幸江は、一旦言葉を区切り、顔を曇らせ、タブレット内の芦川を指した。

「この人が、ナミちゃんやあの男と何か関係があったとか？」

「いえ……この人は一応警察関係の人間ですから」

思わず否定した真帆を、「おい！」と吾妻が声を出して制した。

「大丈夫ですよ。私、こういう商売ですから口は堅いの。警察の方には商店会もお世話になってますしね」

真帆はひとつ息を吐いた。『落ち着け！』と、頭の中で誰かの声がする。

「ナミさんは、この町に来る前の話をしたことがありますか？」

「警察はナミちゃんを疑ってるのかしら？　ナミちゃんが過去に何をしたかは知りませんけれど、あの子があの同居人の男を殺したなんて考えられませんよ。そりゃ、あの男はヒモ同然でしたけど、ナミちゃんにとっては大事な人だったんだと思うわ」

真帆がよほど怪訝(けげん)な顔を向けたのだろう。幸江は軽くため息を吐いてじっと真帆の目を見つめて言った。

「歳下で稼ぎも無い……色男でもないし特別優しいわけでもない……でも、ナミちゃんにとって代わりになる男は他にいなかったんじゃないかしら」

代わりになる男はいない……。

「前にナミちゃん言ってたんですよ」

幸江が薄く笑いながら言った。

「好きとか嫌いとか、考えるのは意味が無い。憎んでもいるし、信じてもいるって」

はあ……と真帆は曖昧な声を出した。

「男と女って、所詮はそういうもんなのよねぇ……」

幸江は少し遠い目をして歌うように呟いた。珈琲カップに伸ばした手の甲に、青くて太い血管が無数に浮き出ている。真帆はその手を見ながら、曜子の言葉をまた思い出していた。

『愛しているか、憎んでいるか。信じているか、疑っているか』

ぼんやりした一瞬の隙に、吾妻が唐突に訊いた。

「ナミさんの本名、ご存知ですよね？」

幸江はカップから顔を上げて薄く笑った。「さあ、どうかしら」

吾妻が幸江の視線を捉えたままで言った。

「菅野美波さん……ですよね？」

幸江はニッと白い歯を見せて頷いた。

じゃあ、これで、と幸江は素早く立ち上がり、ヒラヒラと手を振って店外に消えた。

「なあ……アカシアのママって、もしかしたら男だったりして？」

パーキングに戻って車に乗り込んでから、吾妻が思いついたばかりのような口ぶりで真帆の顔を覗き込んだ。

「もしかして、じゃないと思うけど。あんた、あれだけの至近距離にいて今頃？」

吾妻は露骨に嫌な顔をして、車を発進させた。

荻窪東署に吾妻とともに戻ったのは、日付が変わる少し前だった。

新堂班のブースには、予想通り全員の顔が並んでいた。

「和田堀公園殺人事件」は、荻窪東署の見解と同様、本庁も無職の若者が喧嘩の末に突発的に殺されたという見方が強く、葛城の交友関係や付近の防犯カメラの映像の回収を中心に捜査が開始されたという。

未だ、何者かが送ってきた動画を問題視している他の班はないということだ。

事件性を示唆するような動画や写真が匿名で送られてくることは、これまでにも何度となくあったからだ。それらのほぼ99パーセントは悪戯や勘違いによるものだ。

直接警察署などに送られてくるよりも、ネットに上がる写真や動画の方が捜査には役立つ物がある。告発というより、事故の目撃動画や投稿者の疑問による物が多いからだ。《これってアリ？》というスーパーのレジの割り込み常習の老女を捉えた動画や、深夜の路上で眠る酔っぱらいの男女の姿などだ。普段は何気なく視界に入っている風景も、改めてカメラを通して見ることで、世の中の今の有り様に気付くこともある。

芦川たちの動画は、日に幾つか送られて来る動画に埋もれ、うっかりすると、新堂班でも見逃す恐れもあった。

気付いたのは、古沢だった。

「フルさん、よく芦川だと気がつきましたね？」

刑事課の他のブースには誰もいなかったが、いつものくせで、吾妻が声を潜めた。

ふん、と鼻を鳴らす古沢に代わり、新堂も喉の奥で笑いながら声を潜めた。

「フルさんは芦川が気に入らないんだよ。いつも最後に美味しいところを持っていくヤツだってな……」

誰が言い出したのかは分からなかったが、刑事課の室内には、電話はもちろん、天井や壁のどこかに盗聴器や盗撮器が埋め込まれているという噂がある。

以前、地域課の若い刑事が深夜に盗聴盗撮電波探知器を持ち込んで捜索を試み、警備員に通報され、後に半年間の停職になったという、まことしやかな噂もあった。

「この男が芦川に間違いないなら、ヤツは俺たちより先に葛城に辿り着いていたってことだよな……」

「ええ。そして、葛城は、岡田の五年前の事件の被害者である菅野美波と暮らしていた」

山岸がコピー用紙を取り出して、登場人物の相関図を書き出した。

背後にホワイトボードがあるが、そういう大袈裟な物はこの際必要なかった。第一、盗撮疑惑が事実なら、班の隠密行動が漏れる危険がある。

岡田を中心に、葛城、美波、そして、少し離れた空白に芦川と書いて線を繋げる。

「今のところ、浮上している名前はこの四人ということですね」

新堂は、山岸が差し出したコピー用紙を見ながら再び呟いた。

「芦川はともかく、五年前の事件に関わっていた三人のうちの二人が死亡している。しかも、葛城は他殺……被害者の美波は所在不明か」

「班長、やっぱり、もう一度五年前の事件を調べ直さないとこれ以上は何も出てこないと思います」

　真帆の横で、再び吾妻が口を出した。

「それか、芦川にこの動画を突き付けて事情聴取しますか……ヤツは俺らがまだ知らない何かを知っているんだと思います」

　吾妻は、敢(あ)えて葛城の死に芦川が関与している可能性については触れなかった。

　真帆が最も怖れている可能性だ。

　けれど、冷静に考えれば、芦川が葛城を殺す動機などまるで想像ができなかった。

「まさか、菅野美波と付き合ってた、なんてことはねえだろうな、芦川のヤツ」

　古沢があながち冗談でもなさそうな言い方をした。

「ヒモ付きの女にうっかり手ぇ出して、ヒモと揉(も)めて、思わず……」

「そんなっ！」

　思わず声を上げた真帆に続いて、吾妻が高らかな笑い声を上げた。

「ないない！　あんな計算高い男が、今の立場と引き換えにするような相手じゃありませんよ、菅野美波って……」

　途中から声を潜めて「けっこう年増(としま)ですよ」と眉根(まゆね)を寄せた。

「吾妻巡査、そういう言い方って、両方に失礼なんじゃない？」

菅野美波への侮辱は同性として許し難いし、芦川への批判はもっと許せなかった。

「椎名、吾妻は、芦川がシロだと言いたいだけなんだよ」

新堂が真帆の肩に手を置いた。

吾妻を見ると、笑った顔の頰が紅潮しているのが分かった。

日付も変わり、散会となった午前1時近くに、帰り支度を済ませた吾妻に真帆が近付いた。

「ごめん……私……」

「何だよ、気持ち悪ぃな……俺は別に芦川を庇ったわけじゃない」

うん……と頷いて、背中を見せると、すぐに吾妻の声が飛んできた。

「まだ終電あるのか？　送ってやろうか？　安くしとくからさ」

真帆は少し笑いながら、振り返らずに手を振った。

思いがけず、鼻の奥が痛くなったからだ。

吾妻は、吾妻なりのやり方で不安を消そうとしてくれたのだ。

吾妻がドアの外に出て行くのを待って、真帆は仮眠室に向かった。

先月にリニューアルされた資料室兼女子休憩室だ。

今までは男女兼用の、元はコピー室だった休憩所だったが、署の予算獲得の都合なのか、ほとんど利用することのない女子専用のシャワー付き休憩室に改造されていた。勤務中に体調を崩した女子の署員がたまに入室するだけで、最近では、真帆専用と言っても良かった。

今時の女子が、こんな殺風景な小部屋で休憩したり仮眠を取ったりすることなど殆ど有り得ないからだ。荻窪東署の女性刑事は真帆一人だったし、事務方の女子たちは、仮眠などしなくても良い職場環境だ。休憩するなら、近くのカフェか、コンビニのイートインを選ぶはずだ。

真帆のように、日付が変わる時間まで働き、化粧もろくに落とさず、簡易シャワーで体を洗い、折り畳みの狭いソファベッドで朝を迎える女子は、この署にはいない。

真帆は、勤務中でも、時々この部屋を利用して頭を鎮めたり考えをまとめたりすることがあったが、ソファベッドに横たわるのは久しぶりだった。

タブレットを開き、芦川が映る動画を再生する。

真帆は、芦川が自分の捜査線上に浮かび上がってきたことにも驚いたが、もっとショックだったのは、芦川のその瞬間の表情だった。

いつも、感情をどこか遠くへ置き忘れてきたような、普段の芦川ではなかったからだ。吾妻が『何を考えているのかさっぱり分からないヤツ』と評するように、芦川は、いつも他人との距離を一定に保っているように見えた。

温かいのか、冷たいのか、その血に触れた者でしかきっと芦川の本当の姿は分からないのかもしれない……。

〈芦川さんって、本当は孤独な人なのかも……〉

先日、唐突にかかってきた電話をまた思い出す。

あの時、本当は何か別な用事があったのか……。

それなら、何故、芦川はそれを口にしなかったのだろう……。

新堂からの入電で挨拶(あいさつ)もそこそこに電話を切ったことを、真帆は今更ながら後悔した。

あの時の芦川の躊躇(ちゅうちょ)が、今回のことに繋がっているような気がしてならなかった。

スマホを取り出し、署に泊まることを曜子にラインで連絡し、芦川のメールアドレスを開いた。少し迷い、結局《いつでもいいのでご連絡ください》とだけ書いた。

送信してから、夜中の2時だということに気がついた。

〈またやってしまった……〉

警察学校時代、芦川に良く言われた言葉がある。『行動する前のひと呼吸』

『椎名は感覚で動くからな……それって大事なことだし、椎名の勘は優れていると思う。でも、その勘が外れた場合に痛手を負う覚悟がないなら、ひとまず深呼吸してみたらどうかな……』

警察学校では同期だが、芦川は真帆より二歳年長だ。その冷静な思考と眼差(まなざ)しに、真帆は度々救われた。

元々、真帆は正義感の強さで警察官を目指したわけではない。それどころか、本当は事務方の警察行政職員を目指していたのだ。吾妻ではないが、定時に帰宅し、曜子をサポートし、趣味に生きる人生を望んだつもりだった……。

『不本意に警察官になったとしても、それは縁なんだし、椎名の粘り強さは警察官には必要な資質だと思うよ』

忘れていた芦川の言葉を思い出しながら目を瞑ったが、翌日の始業時間になっても、芦川からの返信は来なかった。

新堂班恒例の『朝イチ会議』に、新堂の姿は見えなかった。

「班長は、休みですか？」

デスクで珈琲豆を挽いている古沢に尋ねた。

「んなわけねぇだろ。班長も俺たちもゆんべは帰ってねぇ」

欠伸を噛み殺しながら言う古沢の隣で、山岸がデスクに突っ伏していた。

古沢は確か五十歳を越えていた。山岸も四十歳近いはずだ。

「班長は署長室だ。多分、課長も一緒だろうよ」

「何かまた……？」

昨夜設置された『和田堀公園殺人事件』の捜査本部の会議までにはまだ30分近くある。それ以前に新堂が署長に呼び出されたとしたら、本庁か、更にはもっと上から何かしらの圧力がかかったに違いない。

「この部屋に盗聴器や盗撮器があるってのも、満更ガセじゃあないかもしれないぜ」

古沢は、わざとらしく大きな声を上げて笑った。

しばらくして新堂がいつもの顔でデスクに戻ると、真帆たちに向かって手招きをした。

「うちが嗅ぎ回っていることは上にもバレているみたいで、捜査本部と方針が違うとさ。だが、皆は岡田と菅野の事件をもう一度洗い直してくれ」

「班長、署長のヤロー、またいちゃもん付けてきたんですか？」

古沢の言葉に、新堂はニヤリと笑った。

「フフ……八つ当たりさ。昨日自分が休んでいる時に事件があったもんだから、本庁から弛んでるとか何とか言われたんじゃないか？　間の悪い人だよね、署長も」

「じゃあ、課長はご機嫌だったでしょうな」古沢本人がご機嫌な声を出した。

署長の宇野と古沢は犬猿の仲である。課長の藤沢との相性も良いとは言えないが、藤沢は古沢に一目置いているようなところもあり、古沢の意見に真っ向から対立するような物言いはしたことはない。

9時丁度に始まった捜査会議に、吾妻は5分ほど遅れて席に着いた。

宇野の意味のない訓話にすでに飽きたような雰囲気を察知し、吾妻は真帆に囁いた。

「この様子じゃ、まだ何も進展はしてないってことだよな」

「うん……他は皆、葛城の家族や交友関係から捜査しようとしたらしいけど、本人の戸籍もまだ見つからないみたい」

言った途端、真帆の頭の中で何かが閃いた。

「芦川の件は……？」吾妻は更に声を潜めて訊いてくる。

真帆は黙ったままで首を横に振った。

「……それより、葛城って……本名かな？」


「考えてもみなかったけど、それ、アリだな」

会議があっさりと終了した後、ブースに戻った新堂が感心したように言った。

「岡田の父親の記録にあったKというのが葛城と符合するから疑いもしなかったんですけど、戸籍もないということなら菅野美波みたいに偽名の可能性もありますよね」

「あ。でも、そりゃ無理だわ」

真帆の声に吾妻が反論する。

「葛城の氏名と住所は銀行のキャッシュカードから判明したんだぜ。偽名で口座を作ることなんて普通はできないぞ」

「そっか……」

「まあ、とりあえず、フルさんと山岸は和田堀公園の目撃者探しを頼む」

場の空気を変えるように、新堂が声を張った。

了解！　と古沢と山岸が支度にかかる。

「フルさん、本庁や署長に遠慮は要らないからな」

新堂の声に、古沢が振り返る。

「班長、誰に言ってるんですか。ヤローの首なんて、新堂班にはどうでもいいことじゃないですか」

「そうですよ、こっちは死守する肩書きなんてないですから好きなようにさせてもらいますよ」

古沢と山岸が笑いながら、洒落(しゃれ)とも本音とも取れる声を残して飛び出して行った。

「班長、俺たちは八王子に……」

「ああ、吾妻と椎名は五年前の事件の再調査。でもわざわざ八王子まで行かなくてもいいぞ。裁判記録がそろそろ届くはずだ」

「裁判記録って……班長、検察に知り合いでもいるんですか？」

正当な理由もなしに、刑事事件の裁判記録の閲覧を請求することはできない。

岡田が起こした事件は既に解決済みであり、その岡田の死は自殺と断定されたのだ。

今回の葛城の殺害に、それらが関係していると証明されなければ、検察の許可が容易に出るとは考えにくかった。

吾妻が目を丸くすると、新堂が曖昧(あいまい)に頷(うなず)いた。

「ま、ハッタリでも何でも、結果を出せば誰も文句は言えないだろう？」

「班長、芦川の方は？」

吾妻が訊いた。

「それは俺に任せてくれ」

いいな？　というように、新堂は真帆に顔を向けた。

無論、真帆は即座に頷いた。芦川に直接問い質す勇気はない。

昨夜は不安を抱えたままでは眠れそうになく、ついメールを送信してしまったが、返信が未だないことに、何故か安堵している自分がいた。

芦川からの返信は、昼を過ぎても来なかった。

頭の隅に不安を抱えたままデスクで岡田の裁判記録を読み直していると、今まで気にもかけなかった記録を目にして、真帆は息を呑んだ。

背後の吾妻を振り返ると、同じようなペースで読んでいたかのように、吾妻が真帆に顔を向け、指先で手元のパソコンを指した。

吾妻のデスクに近寄ると、真帆の予想どおり、初公判の記録のページが開いてあった。

吾妻の指先は、検察側の起訴内容に関する記録の中にある、一人の人物の名前を指していた。

《……尚、被害者宅の隣室の住人である熊谷陽一は、被害者宅からの女性の悲鳴と物音に気付き、その尋常ならぬ様子に即座に110番通報した……》

「クマガイ……ヨウイチ」

真帆が呟くと、吾妻が続けた。

「カツラギ……ヨシキ」

そして、どちらの頭文字もK。

〈私が探していたKは、葛城良樹と名乗る、通報者の熊谷陽一だった……?〉

「何で気付かなかったんだろう、俺たち……」

吾妻の呟きに、真帆も一瞬目眩を覚えた。

これで、熊谷陽一の顔写真が入手できて、殺された「葛城良樹」と同一人物と証明されれば、五年前の事件と今回の事件の関連性が証明できる。

Kは、最初からこのストーリーの登場人物であり、重要参考人だったのだ。

「通報者の熊谷が出廷して顔を合わすことはないだろうしな」

熊谷陽一は、本名を偽って岡田の父親と接触していたに違いない。

もしかしたら、岡田の父親は、葛城が通報者の熊谷の可能性もあると疑い、あえてKと書いた……?

「ちょっと待って……でも、葛城という名前と住所は、銀行のキャッシュカードから判明したんだよね。それって……」

銀行口座は、偽名では作ることはできない。

「途中で名義変更したんじゃないか？　そこまでは銀行が情報提供してないならな」

舌打ちしたい気持ちを抑えて、真帆は吾妻の肩に手を置いた。

「これで、繋がりが証明されたかも。岡田とカ……じゃない、熊谷の」

「仮に、殺された熊谷が岡田を自殺にみせかけて殺した犯人だとしたら、動機は何だ？」

吾妻が自分に問うように考え込む。

「そして、その熊谷を殺したのは……？」

吾妻の隣に座り込んで、真帆が頭を掻きむしった。

怪しいのは、もう一人の人物。菅野美波だ。

「こうなると、五年前の事件には裏があるのは確かだな」

「もしかしたら……五年前の事件は冤罪だったとしたら……」

岡田のように否認のまま有罪となり服役し、刑期満了で出所した後に再審を求めて裁判所を相手に訴訟を起こし、無罪を勝ち取る者も僅かだがいる。

けれど、それは決定的な無罪の証拠が出て来た場合だ。

一度判決が出た事件は、刑が確定した後でも冤罪の可能性が強い証拠などが認められた場合は再審の可能性もある。

それが無理な場合でも、人権を無視した報道内容を掲載した週刊誌の出版社を相手取り、民事で損害賠償を求めることもできなくはない。

「岡田が冤罪だったら、自分や親族の名誉回復のために、そういう行動を起こそうとしてたかもしれないな」

「じゃ、それをされてはマズい者が岡田を殺した……それが動機だとしたら、五年前の事件そのものがひっくり返るよね」

気がつくと、目の前に吾妻の顔がある。

「近いんだけど……」吾妻が苦笑いをしながら仰け反った。

慌てて立ち上がった真帆の目に、地域課のブースからこちらを見ている相田那奈の顔が映った。

〈ヤベ……〉

真帆の視線に気付くと、那奈はニッコリと笑みを作り軽く頭を下げた。

吾妻との仲が現在はどういう状態かは知らなかったが、たとえ、その交際が保険代わりだとしても、真帆の存在は面白くないはずだ。

那奈は、直に笑みを消して退室して行く。

吾妻を見下ろすと、那奈に気付いた様子はなく、パソコンに目を向けたままで言った。

「女だな……やっぱり」

「え……？」

「生き残っているのは、菅野美波だけだ。しかも、行方不明ときてる」

吾妻は、得意顔になって真帆を見上げた。

——と、その時、真帆のポケットの中の私用スマホが着信を告げた。

急いで取り出すと、期待していた芦川の文字はなかった。

『ちょっと悪い知らせだ……』

珍しく、新堂の暗い声が聴こえた。

嫌な予感がした。「芦川巡査部長のことですか？」

　室内には他の捜査員の耳もある。スピーカーに切り替えるわけにはいかなかった。

『昨日の朝から休暇届が出されていて欠勤しているらしい……捜査一課長にも訊いてみたがまだ連絡は入っていないそうだ』

「確かですか？」真帆の声が掠れた。

『何か上からの特命で動いていたふしがあるが、課長からはそれ以上は聞き出せなかった』

　吾妻が真帆と目を合わせ、片手の親指を立てた。〈班長か？〉という意味だ。

　スマホを耳にあてたままで、吾妻に頷く。

「今、本庁にいるんですか？」

『ああ。芦川と電話で話すのはマズいと思って直接会おうとしたんだが、判断が遅かったかもしれない……そっちは何か見つかったか？』

　真帆は、和田堀公園で見つかった遺体の本名に辿り着いたことを報告した。

『クマガイヨウイチ？……あのガイシャも偽名だったのか。じゃあ、本名から戸籍や経歴が分かるな』

「はい。至急調べます」

即座に答える真帆の声を、新堂が遮った。

『いや、そっちはフルさんたちに任す。椎名たちは引き続き五年前の事件の再調査を頼む。芦川の動きも、きっとどこかで繋がるような気がする』

「了解しました……菅野美波も、必ず見つけ……」

言った瞬間、真帆は言葉を呑んだ。

〈芦川さんと菅野美波……〉

新堂の電話が切れても、真帆の脳裏に閃いたイメージが消えることはなかった。

「俺も同じことを思い出した」

刑事課のブースを出て、真帆は吾妻を誘って署の屋上に出た。

この場所に来るのは久しぶりだ。

関係者と言えど、緊急時以外は立ち入り禁止だが、何故か出入り口の扉は施錠されてはおらず、古株の署員たちの密かな憩いの場であった。

給水塔の陰には錆びたパイプ椅子があり、骨壺大の空き缶はいつも煙草の吸い殻で溢れていた。荻窪東署の周辺は同じようなビルが立ち並んでいるが、ビルの八階部分にあたる屋上に出ると、視界に入る空の面積が広がった。昼休みを過ぎた今は人影はなく、秋風の冷たさを我慢すれば、これほど密談に適した場所はない。

「この時間じゃ、まだ店には出てないだろうな」

吾妻はスマホを眺めてため息を吐いた。

「とりあえず電話してみる。それしか今は手掛かりがないんだから」

真帆は手元に一枚の名刺があった。スナック［アカシア］の幸江の名刺だ。

新堂との電話の最中に思い浮かんだのは、先日の幸江の言葉だった。

芦川が店を訪れた時の様子を訊いた時だった。


『ああ……一昨日だったかしら。初めて来たお客よ。ちょっとだけ飲んですぐに帰ったけど……ナミちゃん気に入られたみたいだから、常連さんになってくれるかしらと思ってたんだけど、肝心のナミちゃんが夜逃げしちゃうんだもの……』


「芦川さんは、菅野美波の何かを調べていたんだ……本庁の特命で内偵捜査をしていたのかも」

「そうだな。それなら辻褄が合う」

けれど、何故、調査対象者が菅野美波なのか。

「五年前の岡田の事件とは全く無関係な事案かもしれないしな」

それは考えにくい、と真帆は思った。

あまりにもタイミングが良過ぎる。

「無関係なわけがない。あの事件が発端だったことは間違いないと思う」

言いながら、真帆は名刺に記されている番号に電話をかけた。

コール音が五回鳴ったところで、留守番電話に切り替わった。やはり、まだこの時間は開店の準備をするにしても早過ぎるのだろう。

そう思った時、耳の中に幸江の声がいきなり飛び込んできた。

『はあい！　幸江で〜す……あら、昨日の刑事さん？　まだ何か？』

電話は自分の携帯に転送されるということで、幸江の声は、顔を合わせていないせいか、昨夜の声より男性的な声に聴こえた。

「その時、その一見（いちげん）の男性は、ナミさんとどんな話をしていたか、もう一度思い出していただけないでしょうか？　何でもいいんです」

『別に、ただの世間話だったと思うけど……あのね実は、昨日は言えなかったんだけど、次の日の夕方、ナミちゃんからメールが入ってたのよ』

菅井ナミは偽名であるから、スマホも幸江名義のものを借りていたという。

『ただ、お世話になりました。申し訳ありませんってだけ。だから、別に刑事さんに言うほどのことでもないと思ったのよ』

「そのスマホ、今もナミさんが持っているんですね？」

スマホのGPS機能で所在が分かるはずだ。

『それがね、スマホは店の郵便受けに返してあったのよ、律儀に、一万円札二枚と一緒に。そういうところは、ちゃんとしていたのよ。ただの不良娘じゃないわね』

でも、そう言えば……と、幸江は、真帆が真っ先に知りたいことを言った。

『今思えばだけど……初めてにしては、あのお客、ナミちゃんに最初からご執心だったわね。歌うわけでもなく、それほどお酒も進まなくて、帰るまでずっとナミちゃんばっかり見ていたわね』

真帆は確信した。

芦川は、最初から菅野美波を確認しに店に行ったのだ。

特命の内偵捜査の対象者は菅野美波に間違いない。そして、芦川は美波と同居する熊谷に接触した。

「美波が芦川の素性に気付いて逃げたんだとしたら、警察に内偵調査をされるような、何か重大な犯罪を犯した可能性もあるな?」

幸江の電話を切った途端、真帆の隣に立つ吾妻が言った。

「とりあえず、昼メシ行くか?」

真帆の表情をみて、吾妻が明るい声を出した。

葛城こと熊谷陽一の身元が判明したのは、真帆と吾妻が署の傍にある定食屋から戻ってすぐのことだった。

「ヤツの身元が割れたぜ」

古沢が指したパソコンの画面に、熊谷の顔写真とともに、その調査書と身上書が映し出されていた。

熊谷には、約三年前、立川南署で取り調べを受けた過去があった。

コンビニでの万引未遂だ。

犯行現場とされた売り場は、防犯カメラの死角であり、熊谷の不審な行動の様子から店員が万引きを疑い通報した。しかし、熊谷は隙を見て足下に商品を落としたため、現行犯逮捕には至らなかった。だが、職質を拒否して逃亡を試みたため、署に連行された、とある。

「起訴された記録はないが、ヤツは周辺のコンビニからマークされていた常習犯だったみたいだな」

その時の調査記録に添付されていた顔写真が遺体の顔と一致したため、昼のニュースでその写真が公開され、親族から連絡があったという。

福岡県出身。二十七歳、無職とある。

捜査会議の方針はあくまでも熊谷殺害の犯人を洗い出すこと。そして同時に、重要参考人として同居していた女の行方を追っているということだった。

「五年前の事件当時、熊谷は二十二歳か……」と、吾妻。

「隣に住んでいた菅野美波とは、当時から付き合いがあったのかな？」と、山岸。

「当時、美波は三十手前……七歳上か……まあ、わからんでもないな」と、古沢が遠い目をした。

真帆は、「そういうもんですか？」と、新堂の顔を見る。

「ま、そういうことがあっても、不思議じゃないかもな。何しろ、目撃者は熊谷一人だからな」

目撃者は一人……。

「所轄の刑事が現場に行った時、岡田はもう身柄拘束されていたんですよね」

真帆は急いでタブレットに保存してある捜査資料を開いた。

当時の岡田の供述書を読み返す。

《……菅野がいきなり抱きつき、自ら床に倒れ込み叫び声を上げた。岡田は菅野が精神に異常をきたしたか、「てんかんの発作」等を疑い、救急車要請のために無線機を取り出そうとした瞬間、頭部に衝撃を受け失神。意識を取り戻した時には、同じ交番勤務の萩原茂樹巡査に取り押さえられていたと述べた》

〈現場には、もう一人……いた〉

先日本庁で会った男の声を思い出す。

『人が倒れているのが見えて、よく見ると、誰かの上に警察官が重なっていました。下になっていた女性が顔を上げて助けを求めました。あの朝よく見かける女性でした。私が警察官を背後から取り押さえると……それは意識を失った岡田でした』


萩原茂樹。警視庁総務部地域課・課長代理。階級は警部。

真帆は、あの自信に溢れた表情と、白い指を思い出した。


その日のうちに萩原に事情聴取しようと考えた真帆を、吾妻が止めた。

「何の証拠も持たないで会いに行っても、所轄の刑事なんか相手にしてくれないって……」

「でも……あの男も岡田の自殺に疑問を持っていた。理由を訊(き)いても明確な答えじゃなかったけれど、こっちの動きにも関心があったみたいだし、絶対何か知ってる」

「今度は、俺が当たってみるか……お前女だからいい加減な扱いされたんじゃないか？」

この吾妻が、あの見てくれも雰囲気も洗練されたエリート警察官の青年にあえば、ひと目で嫌な印象を持ち、先入観無しで聴取することなどできるのだろうか……。

〈絶対に、無理だ〉

けれど、確かに、ただ単に五年前の岡田の事件当日の話を聞こうにも、あの時以上に深く切り込むには材料がなかった。

第一、萩原は、真帆たちと同様に岡田の自殺を少し疑っていたふしがある。

五年弱ものあいだ、否認しながらも刑を全うするという強靭な精神力を持つ岡田は、見かけよりもずっと逞しい男だったと萩原は言った。そんな岡田が、自殺するはずがないと……。

「芝居だったりして？」

吾妻が冗談めいた声で言った。

「捜査を攪乱させるためとか……」

何のために？　真帆は一応吾妻の言葉を頭に置く。

『最初の交番勤務の同僚には、特別な親近感を持つものです』

感慨深げな顔で言った萩原の顔を思い出す。

真帆が何故他殺説を追及しているかということにも興味がありそうだった。

「それで、おまえペラペラとしゃべったのか」

「だって、あの時はそんなに重要人物だと思ってなかったんだもん」

「重要にきまってんだろうが！　岡田にワッパをかけたヤツなんだぞ！　忘れてたのか、おまえ」

また話が逸れていきそうになる。

「あのね、ワッパをかけたのが同じ警察官だったから、気にならなかったんだよ。フッーのことじゃん。八百屋のおっちゃんが警察官にワッパをかけたら気になるでしょうよ、そりゃ……」

ムッとした吾妻の背後を、少し大きな白っぽい鳥が横切って行く。

「どっちにしても、その萩原ってヤツの交番勤務時代のことを調べた方がいいな。真っ正面からぶつかったって、惚けられたらおしまいだ」

真帆は頷いた。

先日、萩原に会いに行った直後に、本庁から署に苦情が入ったことを思い出す。キャリアではないがエリートで将来を有望視されているとはいえ、まだ若手の萩原が所轄に圧力をかけることが可能なのか……それほど、本庁の職員の権限は大きいものなのだろうか。

「俺、絶対にソイツの尻尾摑んでみせる！」

吾妻も同じことを考えていたのか、鼻の穴を膨らませて言った。

「あ……そう言えば、岡田の身元を知らせてくれた同期の刑事がいたよね」

遺体で発見された岡田の身元が判明したのは、築地南署の刑事からの通報だった。

「同期で顔を覚えていたって言ってたんだっけ……もしかしたら、萩原のことも何か知っているかもしれないな」

吾妻がスマホで築地南署に連絡を入れている間、真帆はそっと芦川に電話を入れてみたが、やはり留守電だった。

〈芦川さんは菅野美波を訪ねた。そして、その翌日の深夜に熊谷に会い、熊谷はその直後に殺害された……〉

「おい、行くぞ！」

　吾妻の声が耳元に響いて、真帆は我に返った。


　築地南署の横山巡査は、いかにも神経が細かそうな男だった。

　同期とはいえ、数年も会っていない男の顔を、しかも遺体の写真と本人を同一人物だと証言したのだ。

「君が気付かなかったら、身元判明までもっと時間がかかったと思う。助かったよ」

　先輩面の吾妻の横で、真帆も頭を下げた。

「いえ……自分は、岡田に憧れていたので、あんなことで辞めてしまうなんて悔しくて、忘れようにも忘れられなかっただけです」

「岡田巡査は、どんな性格の方でしたか？」

「正義感が強く、真面目な男でした。酒が飲めない体質なのに、卒業祝いの飲み会の幹事も引き受けるような、他人が嫌がることも進んでやるような男でした。自分と一緒に刑事を目指して勉強していましたが、自分などより……ずっと、刑事に向いている男でした」

横山の語尾は震えていた。

「あんな事件を起こすなんて……絶対に考えられません」

少し間を置いて、真帆は訊いた。

「本庁の総務部の、萩原警部も同期なんですよね？」

来る途中の車内で調べた警察学校卒業生リストに、三人は同時期に卒業したと記されていた。

萩原の名前を聞いた途端、横山の顔色に変化があった。

「……自分は、萩原が嫌いです」

「何故ですか？」

「萩原は、自分や岡田を見下げていました。もちろん、同期では成績もトップクラスでしたから仕方のないことなのですが……それを気にかけないふりを装って、岡田はすっかり騙されて友人付き合いをしていました」

「騙されていた？」

横山は顔を上げると、堰を切ったような勢いで話し始めた。

「アイツは、親友のふりをして岡田を手下のように利用していました。何度も自分はそのことで岡田に意見したんですけど、岡田は聞く耳を持ちませんでした」

「手下のように、とは……具体的には？」

吾妻がいつになくゆっくりとした口調で訊いた。

横山の興奮を鎮めるためだろうと、真帆は思った。

興奮状態の発言は、事実にバイアスがかかるからだ。

「……萩原が、岡田のことを他の同期に話しているのを聞いたんです」

いきなり横山の右の拳がテーブルを打った。

「岡田は、俺の犬だと……」

「犬……？」

「同期が同じ交番に配属されることなんか、普通は有り得ないじゃないですか。先輩もお分かりだと思いますけど」

確かに、と真帆は思い、吾妻と目を合わせた。

「萩原の人事はどうにでもなるんですよ。萩原の周囲の者には周知の事実ですよ」

「どういうことですか？」

「萩原の父親のこと、知らないんですか？」

「あの話、本当かな」

車が築地南署から出て銀座通りに差し掛かった時、初めて吾妻が口を開いた。

それまでの数分間、真帆も吾妻も、それぞれの考えに耽っていた。

予想以上の展開だった。

「どっちの話……？」

吾妻が、前方に顔を向けたまま頷いた。

「萩原のオヤジの話。元最高検察庁の次長検事……って」

萩原の父である萩原正隆は、数年前に退官し、現在は大手企業の取締役に天下ったが、現在もOBとして検察庁に影響を及ぼす存在として有名であるという。

「そんな大物だったら、俺たちに圧力かけるくらい屁でもないわな」

吾妻のため息が、そのまま真帆にも移る。

けれど、真帆は、もうひとつの情報の方が気にかかっていた。


『あくまでも噂なので、真実かどうかは分かりませんが……』

大袈裟にも見える周囲への警戒を強め、横山は声のトーンを落として言った。

『萩原は警察に入る前から、異様な癖があったという噂です』

就寝中の路上生活者に暴行を加え、自らが目撃者を装い救済する……？

『快楽主義者とでも言うんでしょうか……警察学校時代に、同期の誰かが萩原自身から自慢話として聞いたらしいです。正義は自分で作り上げるものだと笑っていたそうです』

横山の嫌悪感溢れる顔を思い出す。

『あんな奴が、本庁でのし上がって行くんですよ。岡田は、萩原の本性に気付かないまま、いいように使われて……おまけにアイツに逮捕されたんですよ。絶対に何か裏があったに違いないんです。自分は、それが悔しいです』

まして、出所した途端に自殺なんか……と、横山は拳で涙を拭った。

〈信じていた同期に逮捕された……冤罪だと言い続けた岡田は、萩原を恨んではいなかったのかな……〉

——と、車が急ブレーキをかけ、真帆の上体がバウンドした。

前方を走っていた車の後部が、すぐ近くに見えた。

「ちょっとぉ！　気をつけてよ」

「……なあ、萩原って、そんなにあくどい感じの男だったか？」

「ん……確かに、ちょっと慇懃無礼な感じは受けたかな……」

「俺、分かったかもしれない……」

「え……何が？」

「岡田は何で、そんなに評判の悪い萩原と付き合っていたのか、ってこと」

吾妻は自信ありげな顔を真帆に向けた。

「岡田は、萩原に何か弱みを握られていたんじゃないかな」

「……弱み？」

岡田は萩原から手下のような扱いを受けていたというのが事実で、萩原が親の権力を利用して同じ交番勤務になり、そこでも萩原からいいように使われていたとしたら……。

「私、明日(あした)から萩原の周辺を調べてみる」

「また本庁に行くのか？　目立たないようにしろよ」

「了解！」

「連帯責任なんだからな」

「はいはい、そっちこそ運転中に考え事して事故らないでね。連帯責任なんだから」

吾妻のため息を聞きながら、真帆は少し目を瞑(つぶ)った。

ここ何日かの睡眠不足が祟(たた)っていたのか、吾妻に起こされるまでの数十分間、真帆は完全に意識を失っていた。


まだ帰宅ラッシュには早かったせいか、電車内は比較的空(す)いていた。

座席に腰を下ろした途端、日曜日だということに気がついた。休日の夜は、かつてのバブル期に「花金(はなきん)」と呼ばれた金曜日の夜ほどではないが、終電に近付くほど混雑してくる。この時間帯に座って帰ることができる事を、幸せと感じるか、孤独と感じるか……。

いずれにしても、世間一般の休日とは無関係な仕事だ。

真帆は密かに苦笑いをしながら、スマホを取り出した。

ラインを開くと、二日分の曜子の占いが送られていた。適当に流し読みをして、謝罪と感謝を表すスタンプを送る。《帰りの電車なう。今夜も鍋？》

帰宅時には電車に乗った瞬間から仕事の事は頭から排除する習慣が付いているが、今回の捜査では無理だった。

芦川からの返信は未だ無く、拳大の石を飲み込んでしまったような不安感があった。

目の前に座っている老女たちが、楽し気に会話をしている。

真帆はぼんやりとその光景を眺めていた。人が楽し気に笑う姿に、飲み込んでしまった石の塊を一瞬でも忘れたいと思った。

その三人の老女は観光帰りのグループなのか、各々の膝にお土産らしい紙袋を載せている。

〈伊勢……？〉

紙袋に印刷された文字に、真帆は再び芦川を思い出す。

警察学校時代の頃か、その後のことか記憶は曖昧だが、芦川の実家は確か伊勢神宮の近くだと聞いた覚えがあった。

『……最近は外国人の観光客が多くて、日本酒の売れ行きもいいって親父が喜んでる』

他の誰かとの会話が耳に入り、芦川の実家は、老舗の造り酒屋だと知っていた。

真帆は、他人に生い立ちを訊くのは苦手だ。訊けば、自分の過去も話さなければならなくなるからだ。後ろ暗いことは何もないが、口にすれば、また自分自身の傷に気がついてしまうのが怖かった。

二十数年前に真帆に起こった事件のことは、未だに目の前に取り出して語ることはできない。それは、伯母の曜子や父の博之も同じ思いだろうと思う。

いつしか真帆は眠りに落ちていたらしく、老女たちの笑い声で飛び起きた時には降りる駅を二つ通り過ぎてしまっていた。

リビングのドアを開けると、博之の姿があった。

「あれ、お父さん、来てたの?」

「来てたの、はないでしょ……ラインで知らせておいたじゃない」

呆れたような声で答えたのは、曜子だ。

うっかり寝過ごしてしまい、二駅先から折り返してスマホを見る余裕などはなかった、などと曜子には言ってはならない。

真帆が八歳の時に患った解離性健忘の後遺症ではないかと、曜子が心配するからだ。目の前で母親が刺殺され、その瞬間から失ったそれ以前の記憶を、真帆は未だに取り戻してはいなかった。

「どうだ、捜査の進展は？」

博之は、待ってましたとばかりにすぐに訊いてくる。

真帆は、こういう博之の性急さが少し苦手だ。

軽く相槌（あいづち）を打って自室に駆け上がり、一息吐いた。

〈あ……〉

着替えの途中で、気付いた。

博之は単なる好奇心で真帆に会いに来たわけではない。先日、岡田の父親の調査メモにあったKに覚えはないかとメールを入れたのは自分だった。

「あのね、あのKって、岡田巡査の……」

慌てて階下に降りて博之の前に座ると、博之は「熊谷という男で、昨日死体で発見されたんだってな」と静かに言った。

おそらく、新堂から博之に連絡があったに違いなかった。

「あの記録では、岡田の息子が逮捕されてから頻繁に会っていた様子だが、熊谷という男は、息子の事件を目撃者として通報した男だろ？　変だと思わないか？」

確かに、熊谷は冤罪を訴える岡田親子にとっては敵のような存在だ。

「熊谷に証言を覆すよう頼んでいたとか……」

「弁護士をあたっても、守秘義務とやらで情報は聞き出せそうにないしな……」

「二審でようやく出された岡田のDNA……皮膚組織の鑑識ってそんなに時間がかかる

もんなのかな……」

交互に呟く博之と真帆を見て、曜子が吹き出した。

「本当に、あんたたちって、似た者親子よね」

ため息混じりに笑いながら、曜子は二人の前に、グツグツと煮えたぎる鍋を置いた。

「メールの送り主はまだ分からないらしいな」

岡田から死亡当日に父親の携帯電話に送られていた遺書めいたショートメールの件だ。

食後のお茶を啜りながら、博之が再び訊いて来る。

「うん。まだ契約者まで辿り着いていないみたい」

岡田の死は自殺として処理されている。事件性が認められない限り、公に鑑識課に依頼することはできない。

新堂がどんなルートで調べているのかは訊いても教えてはもらえそうになく、判明しても、契約者本人とは限らないし、本人だとしても、お金で名義を売っているだけで、実際にその携帯電話を使っていない場合も多い。

「でも、絶対に岡田は自殺なんかじゃないし、何としてでも証拠を見つけなきゃ」

「熊谷に岡田を殺す動機があるとは考えにくいが、仮に誰かが熊谷に岡田殺害を依頼したとしたら……」

「うん。その誰かにとって、熊谷は脅威になる……」

「真帆には、その誰かは見当がついているのか？」

博之の問いに、真帆は小首を傾げた。

「言えないよな、俺はもう警察官じゃないしな」

「そうじゃなくて……まだ絞りきれてないの。関係性は分かっても、何の証拠もないし」

でも……と、真帆は博之と目を合わせた。

「お父さんと話していて、いろいろ整理ができた。ありがと！」

「新堂の言ったことは本当だったな」

「え……班長が何か言ってたの？」

知らないところで自分の話をされるのは愉快ではない。

それを見抜いたように、博之は笑顔のままでじっと真帆を見つめた。

「真帆はちゃんとした刑事になってきたって……そう言ってたぞ」

こういう場合のリアクションも、真帆は苦手だ。

「じゃあ、何か進展があったらまたメールするね」

曜子がキッチンから戻って来たのを機に、真帆は席を立った。

博之と話を続けるのは苦痛ではなく、むしろ明日からの捜査のヒントを得たような気がしたが、これ以上捜査内容を話すことは、身内であれ許されることではなかった。

階下の曜子と博之の会話を遠くに聞きながら、真帆は早々とベッドに潜り込んだ。
明日はまた霞が関だ。

刑事の未来　Ⅶ

初めてこのソファに座った時から、もう何年もの時が流れたように思える。

秘書が運んできた珈琲の香りも変わらないが、窓から見える景色はまるで違った。

あの日は風雨で景色は一面灰色だったが、今日は見事な秋晴れの空が広がっている。

「休暇を取っているそうだが……何か進展があったから来てくれたんだろうね」

林田は向かい側のソファに座るなり、芦川に柔和な視線を投げかけた。

「はい。調査対象者の所在を確認し、接触ができました」

「ほう……さすがだ。それで、相手は同意してくれたんだろうね？」

ゆったりとした仕草で珈琲の器を取り上げながら、再び芦川の視線を捉えて来る。

嫌な目つきだ、と芦川は思った。

前回も同じ目つきで見られたはずだが、今のように悪寒にも似た感覚を覚えることはなかったような気がする。

おそらく、この男を見る自分が変わったのだろうと、芦川は思った。

「対象者から書類の返却はまだありません。代わりに……」

芦川は、白い封書を林田の前に差し出した。

「これを預かりました。依頼者にお渡ししてください、とのことです」

珈琲の器を戻し、林田は額の肉に皺を幾筋も寄せ、封書を開いた。

「……内容は、君も承知しているのかね」

直に細い目が一層細くなり、内ポケットからその顔に似合わぬ華奢な眼鏡を取り出した。

便箋に目を通しながら、林田が上目遣いに芦川を見た。

「いえ、私の仕事は、対象者に渡した書類を副総監にお渡しするだけだと承知しております」

「分かった……では、相手にここに記されている内容どおりに手配すると伝えてくれ。無論、書類を速やかに君に渡すという条件でな」

林田はそう言いながら眼鏡を外すと、やれやれといった感じで、薄くなった頭頂部を少し掻いた。

「では、失礼いたします」

芦川は立ち上がり、頭を軽く下げた。

ドアに向かう芦川の背中に、林田の含み笑いが響いた。

「君もなかなかの役者だな」

振り返ると、柔和な目つきに戻った林田の笑顔があった。

「仰る意味が……」

「当然、分かっているはずだ、芦川巡査部長」

少し声を強めて、林田が言い放った。

「あの能無しの課長は、君に手を噛まれたことには気付いてはいないだろうが……」

芦川は黙って林田を見つめた。

「私は簡単には騙されないし、誰も私を利用することはできない。君も、その事は頭に入れておくといい……くれぐれもあの女には用心しろ。君のためだ」

芦川は、再び頭を下げてドアを開けた。

あのアバズレが……と、背後で小さく呟く林田の声が聴こえた。

先日と同じように、刑事部の遥か上階のフロアを歩きながら、もう二度とこの階を歩くことはないだろうと思った。

エレベーターのボタンを押そうとした指が、無意識にフリーズした。

ホールの両側に、副総監室にも見られたはめ殺しのガラス窓がある。

芦川は、陽射しが明るい東側の窓に近付いた。

眼下に旧法務省の赤れんが棟が見える。

「正義……か」

芦川は思わず小さく呟いた。

刑事の使命　Ⅷ

翌朝、真帆は八王子駅に降り立った。

本庁に萩原を訪ねる前に、五年前の事件の捜査資料の詳細な記録を探す目的だ。

岡田を取り巻く三人の相関図の中に、まだ見落とされたものがあるに違いないと思った。

久しぶりに八王子駅に降り立ち、街の変化に真帆は目を見張った。

遠い過去に、一度だけ来た街だ。

あの時、改札口の外で手を振っていた男の顔は、もうボンヤリとしか思い出せない。

良くある話だと、真帆は、十代の終わりに味わったほろ苦い時間を思い出して自嘲気味に笑った。断片的に思い出す風景は何処にも見当たらず、人も、街も、ひとつの心などとは無関係に変化して行くものだと思いながら、真帆は北八王子署に向かった。

資料課の署員は、真帆を不審に思う様子も見せず、提示した手帳を見ただけで、あっさりと真帆を資料倉庫に案内した。

データで送られてきた資料も含めて、署内には紙に残された資料があるはずだった。

「終わりましたら、お声がけください」

事務的な口調で言い、署員がドアの外に消えた途端、室内の埃臭い匂いが強くなる。

荻窪東署にもむろん資料倉庫はあるが、数年前にリニューアルされたせいか、これほどの悪臭はない。

辟易しながら、素早く資料棚に目を走らせる。

室内は二十畳以上もあると思われ、天井まで伸びた資料棚が数列あった。

それぞれの棚の側面に年代のプレートがあり、真帆は予想以上に短時間で目的の資料ファイルを取り出すことができた。

思ったよりも薄いファイルだ。

そのほとんどの内容は、既に知り得ていることだったが、送られて来たデータ以上のものは残されていないのかと捲っていると、ファイルの中程にある萩原の報告書の記録に、追加事項が記されていることに気付いた。

北八王子署から無線連絡を受けた萩原が、現場に駆けつけ岡田を逮捕した時の状況は、真帆のタブレットに保存されている証言内容とほぼ同じだが、その特記事項の内容に、真帆は違和感を覚えた。

《……尚、後日、萩原茂樹巡査が昏倒している岡田亮介を抱え起した際、岡田の体からアルコール臭を感じたと証言。岡田は勤務時間帯に飲酒していた可能性もあるが、逮捕後の取り調べ時に、その有無は確認されてはいない》

真帆は、ぼんやりと頭の中に浮き上がってくる何かを待ちながら、調査資料を閉じた。

その違和感が映像と音声になって思い出されたのは、署を出て駅に向かう途中のバスの中だった。

『正義感が強く、真面目な男でした。酒が飲めない体質なのに、卒業祝いの飲み会の幹事も引き受けるような、他人が嫌がることも進んでやるような男でした……』

蘇ったのは、築地南署の横山刑事の顔と声だった。

約一時間後、真帆は霞ヶ関駅に降り立った。

時間を確認すると、昼休みの時間まではまだ一時間近くあった。

吾妻に言われたように、今回は朝イチでアポを取ってあった。

萩原が指定してきた面会時間は12時半だ。

先日も時間を潰したコンビニのイートインコーナーに陣取り、スマホを取り出した。

ラインを開けると、いつものように曜子のアイコンと吾妻のアイコンのそれぞれに、着信の数字が付けられていた。

珍しいな、と真帆は思った。吾妻とはほとんどラインの遣り取りはしない。緊急時に通話中で電話が繋がらない場合に備え、私用スマホのライン設定はしてあるが、その場合も、できるだけショートメールを利用する。

ラインでの遣り取りは私的なものだと思っている。まして、捜査内容に関することは、ショートメールも含めて、できるだけ私用の通信機器を使うことは避けていた。

『会話の全てが傍受されていると思って行動するように』

新堂は時々、真面目な顔で若い捜査員たちを諭した。

諜報員でもあるまいし……と、真帆は新堂の言葉を冗談半分に聞いていたところもあるが、今回の自分たちの行動が上層部に漏れていることを見れば、あながち冗談でもないと思うようになった。

《今どこにいる？》

直に返信しようとして、思い直した。

今日の行動は昨日のうちに承知しているはずだ。

この時間なら、吾妻は署のデスクで萩原の詳細な経歴を調べているはずだ。

真帆は、公用スマホを取り出し、メールを送信する。《今、ラインした？》

直に返信が来た。《ライン？　誰かと間違えてないか？》

怪訝に思っていると、すぐに直接電話がかかってきた。

『それ、俺からのラインに間違いないか？　俺のスマホ、昨日どこかで失くしたみたいなんだ……』

店内に客は少なく、雑音に紛れてこっそり会話することもできず、真帆は咳払いをひとつして通話を切り、再びメールを送信した。

《これから面会。完了後に連絡します》

直に、了解の返信がある。

イヤホンをつけ、YouTube から拾った音楽を耳に流す。

こういう時間には、穏やかなクラシックがいい。

シンプルに、ショパンのノクターンを選曲する。

真帆が中学時代に挑戦し、楽譜の一ページ目で挫折をした曲だが、過度な緊張感から抜け出すには効果がある。

何度か繰り返して聴いているうちに、ついまた眠気に襲われる。

昨夜は今日に備えて深く眠ったつもりだったはず……。

本庁舎から見学者らしい小学生の群れが出て来るのが見える。

やはり、伯母の言うように、一度脳ドックの検診を受けようかと思い、曜子のラインにハートマークのスタンプを送った。占いは読まなかった。良くない結果だったら気持ちが萎えてしまうかもしれないから。

気がつくと、店内には昼食時のためかＯＬたちの姿が増えていた。

時間を確認し、約束の5分前に、真帆は席を立ち、本庁の総務部に手帳を差し出した。

「岡田の件ですよね。まだ何か私がお役に立てるようなことでも……？」

萩原は、先日と同じ様に、隙のない笑顔を真帆に向けてくる。

スーツは前回の物と同じようだったが、白いシャツに結んだネクタイにハイブランドのロゴが見えた。

「はい。お時間を取らせて申し訳ありません。またお聞きしたいことが幾つか出てきましたので」

何故か先日より威圧感を感じるが、ここで怯むわけにはいかない。真帆は動悸を鎮めるように、深く息を吐いた。

萩原から視線を逸らし、手元のタブレットに目を落とす。

「岡田元巡査と萩原さんの同期の方にお聞きしたのですが、あなた方二人が同じ交番に勤務するようになったのは……」

真帆が言い終えないうちに、萩原が口を開いた。

「私が父親の権力を行使したという噂でしょう？」

「噂……事実では？」

顔を上げると、萩原が薄く笑いながら頷いた。

「ですが、私自身が希望したわけではありませんよ。当時、成績が下がり気味だった私を懸念した父が、勤勉で優秀だった岡田から刺激を受けさせようと仕組んだのです」

萩原はゆっくりと窓の方に顔を向けた。

「私が望んだわけではありません……」

笑みを消してそう言うと、切り替えるように素早く真帆に顔を向けた。

「椎名さんは、岡田が他殺ではないかと疑っていたのでしたね？」

「はい。確か、萩原さんも自殺には疑問を持っていたと、先日伺ったと思いますが」

「ええ。岡田は何があっても自殺するような男ではないと思っていたからです。確かな根拠があったわけではありませんよ。私の個人的な感想です」

それより……と、萩原は少し間を置いてから言った。

「あの事件の通報者が他殺体で見つかったそうですね。それもあって、椎名さんはここにいらっしゃったのでしょう？」

この男には正攻法しか通用しないな、と真帆は思った。

「仰る通りです。あの時の第一通報者の熊谷陽一は、被害者の女性とつい最近まで一緒に暮らしていたらしいんです……ご存知ではなかったですか？」

「私が知る訳はないでしょう。岡田はともかく、あの時の関係者に興味を持ったことなどありませんからね」

真帆は少し考えて口を開いた。

「……では、あの時の二人の証言には一度も疑問を持ったことはないんですね？」

「疑問も何も、私が現場に駆けつけた時の状況は、彼らが証言した内容どおりでしたから」

「萩原さんが岡田を抱え起したんですよね？」

真帆はタブレットに目を落としていたが、画面の文字を読んでいる訳ではなかった。

「そうです。通報されてから一番先に到着したのが私だったからです」

「その時の貴方の報告書に、岡田の体から酒の匂いがした、と書いてありますが」

「そうです。岡田は私の巡回中にビールでも飲んだのかもしれません。あってはならないことですが、あの当時の岡田は、あの被害者に付き合っている男がいることで落ち込んでいましたからね……」

話を更に続けようとする萩原を、真帆は見上げた。

「そんなはずはありません」

真帆の目に、言葉を失い唖然とした萩原が映った。

「……どういう意味ですか」

真帆は相手に考える余裕を与えなかった。

「岡田元巡査は、極度のアルコールアレルギーだったんです」

一瞬、萩原はフリーズしたように見えたが、すぐに笑顔を作った。

「じゃあ、私の勘違いだったかもしれません」

「貴方は、警察学校時代から岡田元巡査と親しい間柄だったのに、それを知らなかったんですか？」

真帆は、先日の萩原の言葉を記録したタブレット画面を開いた。

「先日、貴方は……岡田は年齢が同じということもあって、片方が非番の時や休みの時間が合えば、良く一緒に飲みに行った仲だったと言いましたが……これ、変じゃないですか？」

「何が言いたいのか分かりませんが、だったら、岡田は私や仲間に気を遣って飲める振りをしていたのかもしれませんね。ノンアルコールやウーロン茶を飲んでいたのかもしれません」

「だとしたら、貴方の報告書にあった、酒の匂いがした、というのは間違いですか？」

一気に言うと、背中の真ん中を汗が流れて行くのが分かった。

「その時はそう感じたとしか言いようがありません。もしかしたら、傍にいた被害者や通報者からの匂いだったかもしれませんね」

余裕のある声を、萩原は発した。

「つまり、椎名さんは、五年前の事件で何か私に疑いを持ってらっしゃるということですか？　そして、それが、今回の岡田の自殺や熊谷の事件に関係あると……？」

真帆も倣(なら)って、口調をゆるめて言った。

「はい。ですから、誰が犯人かは分かりませんが、岡田元巡査の自殺は再検証が必要だと思っています」

「それが、先日、私が椎名さんに岡田の他殺説の根拠を伺ったことの答えというわけですか」

「そう取って頂いて結構です」

「でしたら、捜査の方向が違います。岡田は出所後、熊谷と接触したのではないかと私は思っています。岡田は熊谷や被害者の女性に恨みを持っても当然ですから」

まるで自分に言い聞かせるように、萩原の口調は強くなった。

真帆は萩原の素顔を一瞬覗(のぞ)いたような気がした。

「いずれにしても、私は無関係です。岡田や熊谷の死亡時刻のアリバイが必要でしたら、いつでも聴いてください。ただし、一課を通してお願いします」

萩原はおもむろに立ち上がり、慇懃(いんぎん)な手付きでドアを指し示した。

「最後にもうひとつお願いします」

真帆も立ち上がり、萩原の真正面に歩み寄った。

「岡田元巡査は、何故、最高裁へ上告をせずに、五年近くもの刑期を全うしたのだと思いますか？」

「それを調べるのが貴女の仕事だ、椎名巡査」

言い捨てて、萩原はドアに向かって先に歩き出した。

その背中は、エリートに相応しい品格を取り戻していた。

まるで、おまえには不可能だ、と言わんばかりのように。


「極度のアルコールアレルギーって……おまえ、そんな出任せ」

マジかよ……と、吾妻が呆れたような声で呻いた。

「出任せじゃないかもしれないじゃん。横山刑事が嘘を吐く理由はないし、あの萩原は絶対に何か隠してる」

「でも、何でそんな嘘を言う必要がある？……岡田がたとえそういう体質だとしても、自殺を覆す証拠には繋がらないだろ？」

吾妻の車内に、いつもの匂いは無かった。

待ち合わせた新宿駅南口の甲州街道から、車は西の方向へ走っている。

「岡田が被害者に気があって襲ったということに信憑性を持たせるため……とか？」

「じゃあ、五年前の事件そのものが全員の偽証で作り上げられた……？」

「そうよ！　あんた、たまには冴えた事言うじゃん」

真帆は、吾妻の言葉で、頭の中の霧が晴れたような気がした。

「あのな……」

だが、ようやく確かな入り口に着いただけだと、真帆は思った。

「そっちは何か分かった？」

「家族関係と経歴……あ、あの萩原って、警官時代に警視総監賞二回も貰ってたぜ」

北八王子署宝町三丁目交番勤務時代の話だ。

吾妻は、車を歩道側に寄せると、サイドブレーキを引いた。

「これ、ちょっと興味深いぜ」

吾妻が後部座席の鞄からタブレットを取り出し、真帆に渡してくる。

萩原の名前が付いたファイルを開けると、身上書のような形式の書類が表れた。

「元々財閥の家系の一人息子か……」

親戚関係に、真帆も一度は耳にしたことのある名前も特記してある。

私立K大法学部卒。幼稚舎から大学まである一貫校だ。

「卒業後、半年の海外ボランティアに従事した後、警察学校に入校……北八王子署宝町三丁目交番に配属。二年後、警部補、更に二年後警部に昇格。警視庁総務部に配属……」

口に出して読み上げる真帆に、吾妻が苛立った。

「そこじゃなくて……」

吾妻が指した箇所に、警視総監賞を授与されるに至った事件解決の内容があった。

萩原は、管轄地域の巡回中に、路上で意識を失くして倒れていた高齢の女性を発見、無線通報とともに、速やかに心臓マッサージによる蘇生措置を施し、女性の命を救ったとある。女性は軽度の認知症を患っていることもあり、意識を失くす状態に陥った原因については記憶が曖昧である、と記されている。

「その、バアさんっていうのが、八王子市議の母親で自身も元市議だったから、大袈裟な美談として地元に広まったらしい」

「ふうん……それで、警視総監賞ねえ」

「その二ヶ月後だぜ、次の事件」

吾妻が再び指した箇所には、似たような事件の詳細が記されていた。

「また巡回中に遭遇した……？」

萩原は前件と同じく、地域巡回中、公園内の植え込みに電動車椅子ごと倒れている老人を発見。老人の意識はあり、背後から何者かに車椅子ごと押し倒されたらしく、縁石で強打したと見られる頭部から、大量の出血が見られた。萩原は無線で救急車を要請するとともに、老人の頭部の止血にあたり、救急搬送時までの間の出血を緩和させた。

「そのジイさんは、元地域小学校の校長って書いてあるだろ？」

「これ、傷害事件として捜査したのかな？」

「いや、そのジイさんも、認知症が進んでいて被害妄想がハンパ無かったらしくて」

「じゃ、そんなに話題性は無かったんじゃ……」

真帆が更に下に視線を移して、言葉を飲んだ。

「あ……そういうことか」

老人の長男は地元商工会会長とあった。

「デキすぎた話だよな。それもあって、昇任試験に一発合格したのかもな」

吾妻が何を言いたいのかは真帆には直(すぐ)に分かった。

真帆も、あの時の横山の話を思い出す。

『萩原は警察に入る前から、異様な癖があったという噂です。何でも、就寝中の路上生活者に暴行を加え、自らが目撃者を装い救済したとか……』

『快楽主義者とでも言うんでしょうか……警察学校時代に、同期の誰かが萩原自身から自慢話として聞いたらしいです。正義は自分で作り上げるものだと笑っていたそうです』

〈正義は自分で作り上げる……?〉

「横山刑事の話と、おまえの話を合わせると、ますます萩原が怪しくなって来たな」

「しばらく萩原を見張ってみる。今日のことで、何か動きを見せるかもしれない」

熊谷の交友関係を洗っているらしい古沢たちの捜査も難航しているという。

事実上引き籠りの熊谷に、そもそも殺害されるに至るほどの交遊関係があったとは思えなかった。

行きずりの犯行だとしたら、あまりにもタイミングが良過ぎる。

「芦川から、連絡はないのか？」

ふいに吾妻が訊いてくる。

真帆が首を振ると、「それも何だか、タイミングが良過ぎるな」と小さく呟き、再び車を発進させた。


狛江の商店街の入り口近くに車が着いたのは、まだ夕暮れ前だった。

署に戻ることも考え、捜査の進捗報告も兼ねて新堂に電話を入れたが、戻る必要はないと定時上がりを許可してくれた。

車が西に向かっていたこともあり、吾妻が狛江まで送ると言ってくれたのだった。

「今日も余裕の定時帰宅だな」

礼を伝えてドアを開けて、思い出した。

「あ……スマホ、見つかった？」

吾妻の目が一瞬動揺を見せ、視線を外して笑った。

「ん……大丈夫。見つけた」

不思議な言い方だと一瞬思ったが、真帆はそれ以上尋ねなかった。

何となく、見当がついたからだ。真帆の頭に、あの女の声が蘇る。
『あの女刑事に、みすみす取られるのもシャクなんだよね』
状況は想像できた。
吾妻は、カノジョの家にスマホを置き忘れたのだろう。
後から署に出たカノジョが、吾妻に手渡す前に真帆にラインを入れた……とか。
〈アホらしい……〉
車を少し見送りながら、真帆は深々とため息を吐いた。
「アレが例の吾妻君？」
いきなり背後で声がした。
振り返ると、興味津々な顔で車を見送る曜子がいた。

「真帆って、けっこうメンクイだったのね」
食事の間も、曜子は根掘り葉掘りと訊いて来る。
こういう場合の曜子は始末が悪い。
一度興味を引いたものは、納得がいくまで追及してくる。
「前に車で送ってくれた人もけっこうイケメンだったじゃない？　あの人じゃないわよ
ね、車が違うし……」
真帆は素知らぬ顔で食事を続ける。今夜は珍しく鍋ではない。

「伯母ちゃん、作ってもらって何だけど……普通、ナポリタンにセロリは入れないと思うよ」

夕食にナポリタンというのも何だかな……とは口が裂けても言ってはいけない。

「……あたしもね、若い頃は顔で選んでたけど、結局一緒になったのはアレよ」

真帆の声を無視し、曜子が仏壇の方に目を遣った。

ここでヘタな相槌を打つと話が長くなるのを、真帆は当然知っていた。

歳の割には若く見えるが、年が明ければ還暦を迎える。

水晶占いは当分辞めるつもりはなさそうだが、洋品店の経営はいつまでも続くとは限らない。「最近、物忘れが多くて嫌になっちゃう。認知症になったらよろしくね」と冗談を言う時は、半分は本気だということも、真帆は知っている。

〈認知症……？〉

萩原が交番勤務時代に助けたという高齢者は、いずれも認知症と診断された高齢者たちだった。

萩原の異常行動に、岡田は気付いていたのか――。

そうだとしたら、今回の二つの事件に萩原が深く関与していることは間違いない。

翌朝、真帆の目覚めは早かった。

熱いシャワーを浴び、寝る前にハンガーに吊るして置いた真新しい白いシャツに袖を通した。糊（のり）の利いた肌触りが気分を上げてくれる。

「あら、出張？」

階下のリビングに下りると、曜子が真帆の荷物を見て意外な顔を向けてきた。

普段はタブレットや財布だけが入るショルダーバッグだが、今日は黒いリュックを下げていたからだ。

「違うんだけど、しばらく帰れないかもしれないから」

食卓に座りながら、何気ない調子で言う。

そう……と、曜子はあっさり頷（うなず）くと、いつものようにテーブルの上の水晶玉を見つめ始めた。

「最近、ろくに見てないでしょ……ちゃんとラインに送っているのに」

「今週は、ずっと雲の中だわね……高い塔が見えるわ。灰色で窓は真っ黒……」

一応否定し、用意されていたトーストに齧（かじ）りつく。

意気込んでいる時に聴きたい情報のようではなさそうだ。

真帆はトーストの残りをミルクで流し込んで、逃げるように玄関のドアを開けた。

「ラッキーカラーは白だからね！　ハンカチとか……」

背後に曜子の声が追いかけてきたが、真帆はピースサインを示してドアを閉めた。

肩にかけたリュックは重かったが、体はいつもより軽快に駅に向かう。

ラッキーカラーは白。

〈白いシャツを選んだことは正解だったかも……〉

シャツ……。

リズミカルに歩いていた足が止まった。

遺体となった岡田の姿が蘇った。

一時間後、昨日と同じコンビニの中から、本庁の通用口に向かう萩原を確認し、真帆は吾妻に電話を入れた。

『……俺だって、あの人苦手なんだけどな』

用件を伝え、電話の向こうで渋る吾妻の次の言葉を待たずに電話を切る。

あの人とは、鑑識課の後藤のことだ。

岡田はロープではなく、シャツの両袖をスチール棚に括り付けていた。

あの時、遺体の岡田が「出番を待つマリオネット」のように見えたのも、顔の下に広がったシャツの身頃が道化師の襟元のように見えたせいか……。

あのシャツは岡田自身の物かどうか、真帆は気になったのだ。

手元のタブレットに遺体の写真を取り出して見た。

シャツの部分を指で拡大すると、チェックの四角の中に、ハイブランドの特徴的なロゴ模様が見えた。安価な物に見えたのは、濡れていたせいか——。

何故、最初に気がつかなかったのかが悔やまれた。

真帆は、実物の確認を吾妻に依頼した。

岡田の遺体引き取りを拒否した姉が遺品を持って帰ったとは考えにくい。おそらく、まだ鑑識課に保管されているはずだった。

ペットボトルとタオルの入ったリュック、着衣と靴。そして首吊り(くびつ)りに用いたあのシャツだ。

自殺と断定された遺体や遺品に引き取り手がいない場合、それらは遺体とともに火葬されてしまうはずだった。

その前に、何としてでも手に入れなければならないと思った。

数万円はするそのシャツを、岡田はどこで手に入れたのか……。

頭の中の記憶のピースが、ある一点に向かって近付いて行くのが分かった。

真帆が次に向かったのは、霞ケ関駅からほど近い新橋(しんばし)の漫画喫茶だった。

昨夜、ネットで検索し、本庁周辺でなるべく新しく清潔そうな店舗を探した。

相変わらず独特な匂いには慣れないが、タブレットの写真よりも広々とした店内は、たとえ長丁場になろうと、思ったよりも快適に過ごせるような気がした。

本庁周辺にも快適なビジネスホテルはあるのだろうが、公に認められた捜査ではないので、経費の出ない結果になれば自腹だ。

以前の捜査でも新宿のネットカフェに寝泊まりした経験があり、先日の聞き込みで池袋のネットカフェにも出向いたせいか、利用する際の要領は分かっていた。

24時間パックを申し込み、鍵（かぎ）付きの個室に案内された。

二畳半ほどのスペースには、パソコンは勿論（もちろん）、アメニティグッズや消毒済と書かれたビニール入りのブランケットも置いてある。

新宿のカフェのように隣室の音もほとんど聴こえず、捜査報告書の作成にも適した空間だと思った。

《新橋のネットカフェ・24ふりいだむ到着》と、吾妻にメールを入れる。

すぐに《了解》とだけ返信が来た。


本庁総務部の終業時間の十数分前に、真帆は警察官や職員の通用門の斜め向かいの歩道に立った。さすがに今朝も利用したコンビニに入るのはやめた。店内に、いつも見かける外国人の店員の顔があったせいもある。向こうも真帆を覚えていれば、度々イートインコーナーに長時間居座る不審者として通報される恐れもある。

先日も使用した立ち木の傍の、シースルーの電話ボックスに入る。

普段でも、外回り時に電話で話す必要がある時は、電話ボックスに入り、スマホを開く習慣が付いている。最近は少なくなったが、ネットで検索すれば、すぐに設置場所が表示される。

外からは丸見えだが、スマホで通話中の仕草をすれば、不審に思う通行人はいないはずだ。

中に入ってしばらくすると、通用口からチラホラと人が出てくるのが見えた。

萩原が定時で帰るとは限らない。

総務部に電話を入れて確認するのが早道だが、勤務中の萩原に取り次がれても困る。

目は通用口に向けたまま、イヤホンを付けて音楽を聴いていると、公用スマホがコートのポケットで震えた。

《今どこだ？ 例のものは手に入れた。ただし二日だけの期限付き》

返信をしている間に萩原の姿を見逃してしまうかもしれず、すぐに電話を入れる。

「今、本庁の前。萩原はまだ出てこないけど……二日だけってどういうこと？」

『例の苦手なオヤジが昨日から明後日まで有休取ってんだとさ。シャツは熊谷の事件の参考として預かるって言ったら……』

鑑識の若手は不審がる様子もなく、岡田の遺留品の全てを取り出してきたという。

『シャツも偽ブランドじゃなかった。しかも今年の春に販売された限定品だ』

よし！ と真帆は拳に力を込めた。

限定発売なら、店舗の購入記録を調べることができる。現金購入なら難しいが、クレジットカードやネット購入なら、そこから購入者が割り出せるかもしれなかった。

もし、それが萩原か死んだ熊谷だとしたら、二つの事件の大きな糸口となる。

『まだ萩原とは決まったわけじゃないんだから、くれぐれも慎重にな』

そんなのは分かってる……と言い掛けた時、通用口から出て来る萩原が目に入った。

「来た……じゃ、後で」

電話を切り、真帆は急いで歩道に出た。

萩原は、朝と同じ濃紺のコート姿で、足早に地下鉄の出入り口へと向かって行く。真直に本庁に隣接する警察庁のビルの角で地下鉄へと階段を下りていくのを確かめ、真帆も反対側から同じように地下鉄の駅へと駆け下りた。

丸ノ内線の改札を抜けて行く萩原を確認し、真帆も人波の中を泳ぐようについて行く。

こんな時は、いつも自分の身長の低さを呪ってしまう。あと10センチくらい高かったらもっと視界が開け、調査対象者を見逃す不安から解消されるはずだ。

萩原の乗ったのは、池袋方面に向かう電車だった。

個人情報である現住所を知る事はできず、その方面に住居があるのかも分からない。

帰宅ラッシュで、車内はかなり混雑していた。

だが、人が多い方が目立つことはなく、萩原の視線に真帆の姿が映ることはないだろうと同じ車輛に乗り込むと、5分も経たずに萩原は御茶ノ水駅で下車した。

必死で追いかけて行くと、駅前にある複合施設に入るトレーニングジムの中に消えて行った。

少し迷ったが、ドアの中に入り、受け付けを目指す。

そう広くはない施設のようで、受け付けカウンターも小さい。

手帳を見せて見学を申し込むと、少し緊張した顔の係員が奥に消え、代わりにトレーナーだと名乗る男が出て来た。

「ご苦労さまです。どうぞこちらへ」

男は愛想笑いをしながら、トレーニングルームが一望できるホールに真帆を誘導した。

「何か事件ですか？」と訊いてくるトレーナーに笑顔を向けて「単なる調査です。福利厚生の一環で、警察官の私的なトレーニングも認可されるように、どんな施設が適当なのか調査しているわけで……」と、真帆は大嘘を吐いた。

「ご苦労さまです。ぜひごゆっくり見学なさってください。うちは駅近ですし、会員さんにも好評を得ております」

トレーニング室は半地下になっていて、少し奥まったところのランニングマシーンで、既に走っている萩原が見えた。

外見からは想像できない、筋肉質の体型に、真帆は目を見張った。

「けっこう沢山の会員さんがいらっしゃるんですね」

「ええ、駅が近いですから、お勤め帰りの方に便利にして頂いてます」

真帆は奥で走る萩原の方を指した。

「あの方、すごく張り切ってますね。仕事のストレスも解消できるんでしょうね」

トレーナーは笑いながら頷いた。

「あの会員さんは、体作りに特に熱心な人です。通勤バッグの中に5キロのダンベルを持ち歩いていると自慢してらっしゃいましたよ」

「それだけか？」

二時間後、待ち合わせた新橋のファミレスで、吾妻が呆れた声を出した。

「だって、その後、萩原はタクシーに乗っちゃったし……多分近くに住んでいるとは思うんだけど。まずは行動確認でしょ？」

まだ一日目だ。

だが、必ず萩原は行動を起こすと真帆は睨んでいる。

後ろめたいことがないのなら、昨日のような言い方はしないはずだ。

「今日のところは、俺の情報の方がおまえには大事なんじゃないかな」

何かを含んだ言い方で、吾妻がタブレットを差し出した。

「シャツの購入履歴？」

「もっと重要な情報だと思う」

吾妻が差し出したタブレットの中に、ニュース映像が流れている。

どこかのホテルのリニューアル情報を報せる地域テレビの情報番組の映像のようだ。

吾妻が向かい側から指を伸ばし、映像をストップさせた。

「そこ、拡大してみ？」

怪訝に思いながら、吾妻の言うとおりに画面を拡大して、真帆は絶句した。

「熊谷が殺された日の午前中のライブ映像だそうだ。山さんが徹夜明けで何気なく眺めていたらしいんだけど……」

地域テレビは再放送の番組が多い。

全身が硬直しているのが、真帆自身にもわかった。

「それって、芦川だよな」

頷いてからも、真帆はその画像から目を離せないでいた。

吾妻が映像を再生し、カメラが回り込んで女の顔が正面になったところで再び静止させる。

「そして、この女は菅野美波だ」

この日の夜に熊谷と美波は夜逃げをし、熊谷と芦川が話す様子の動画が撮られた後、熊谷が殺されている。そして、明くる日から芦川は有休を取っていて、未だに休暇中だ。

あの夜、何があったのだろう……。

「おまえ、芦川の家って知らないのか？」

「知る訳ないじゃない」

被るように言い放って、自分の声の鋭さに気付いた。

刑事の未来　Ⅷ

風の中に潮の香りがする。

この風と景色に惹かれ、芦川は今夏にこのマンションに越してきた。

大学入学と同時に上京し、既に数回引っ越しを経験した。

卒業後、一時は渋谷のシングル向けのマンションに住んでいたが、警察官になって最初の交番勤務が月島だったこともあり、隅田川沿いのマンションを二回ほど住み替えた。

この五階建てのマンションの最上階が、佃周辺での三回目の住処だ。

最近では、小洒落た飲食店や雑貨屋なども多くなり、ベランダの外にはタワーマンションが何棟か見られるが、渋谷や新宿界隈のような圧迫感が感じられない。

「いい所ね。この辺りは初めて来たけど……」

ベランダに出ていた芦川の背後の傍らに立ち、美波が電子タバコを吸った。

四日前の深夜にこの部屋に連れて来た時、嫌な匂いの外国製煙草を吸う美波に戸惑い、すぐにコンビニで調達した物だ。

美波は、煙草を吸わない男と暮らすのは初めてだと言った。

芦川も、煙草を吸う女を部屋に入れたのは初めてだと返した。

⁂

あの夜の美波の行動は素早かった。

美波たちが荷物を運び入れた貸店舗に戻った時、当然いるはずだと思った熊谷はまだ戻っていなかった。

『やっぱり、そういうことか……』

芦川から熊谷が電話で話していた内容を聞くと、美波は鼻で笑いながらも唇を噛んだ。

『刑事さん、書類にサインする約束は守るから、もうひとつだけお願いを聞いてくれない?』

『……断れば、あなたは書類を渡してくれないんでしょう?』

美波は少しだけ悪びれた様子で頷いた。

『ここにいたら、誰かがきっと私を殺しにやってくるわ』

その時はまだ、女の言葉は被害妄想の現れにしか過ぎないのではと考えていた。

だが、書類を手に入れるには付き合うしかなかった。

それから直に、美波は大きめのバッグひとつで、芦川の車に乗り込んだ。

ホテルも考えたが、一番安全な場所はこの部屋だった。

芦川はまだ、住所変更届は出していなかった。尾行されていなければ、すぐにこの場所に誰かが現れることはない。

女は最初もの珍しそうに室内を眺めていたが、すぐに煙草を取り出し、火を点けた。

『灰皿、ある？』

翌朝から美波は発熱し、一日中、昏々と眠り続けた。

熊谷が殺されたことを伝えると、そう驚きもしないで、すぐに目をつぶった。

あの後、熊谷が殺されたのであれば、美波の言葉もあながち妄想ではないと思った。

夜半に目覚めると、芦川はコンビニで調達した食料を差し出した。

美波は、それを少しだけ口に入れ、再びソファで毛布を被った。

まるで何年もろくに寝ないような生活をしていたかのように見えた。

美波の顔に生気が戻ったのは一昨日の朝だ。

『この書類の内容、あなたは知っているの？』

美波は自分のバッグから副総監からの書類とメモ帳を取り出しながら芦川を見た。

『いえ、興味もありません。私は私の仕事をするだけです』

美波はメモ帳の一枚を引きちぎり、何やら書きながら軽く笑った。

『私を匿ってくれるのも、その仕事に入っているの？』

『貴女に逃げられたら困りますから』

そう。せっかく辿り着いた美波が、また姿を消すようになれば、芦川の任務遂行がまた遠くなる。その時はそう思っていた。

『警察官って、仕事を断る権利はないってわけ？　熊谷も殺されたし、あなた、けっこうヤバいことに首を突っ込んだのよ』

『ひとつだけ、教えてください』

美波は、書く手を止めて芦川を見た。

『あなたが命の危険を感じる相手は、一体誰なんですか？』

副総監の林田本人ではないことは分かっている。

林田が言った知人というのは一体誰なのか。

『私の父親と……弟。もっとも生まれてから一度も家族だと思ったことはない人たちだけど』

『それは、五年前の八王子のアパートでの事件に関係しているのですか？』

『ひとつだけ……って、あなた言ったじゃない』

声に出して美波は笑いながら、いつか全部分かるわよ、と、また芦川をじっと見た。

初めて視線を合わせた時に感じた何かを、芦川は一瞬だけ思い出した。

＊＊＊

昨日、副総監室に向かう時から、既に退職願を提出する決心はついていた。

どちらにせよ、自分は飼い犬どころか捨て駒にされようとしていたのだ。

美波の長い話を聞いた限り、全ての決着が自分の身に降り掛かってくることは明白だった。

飼い犬と陰口を叩かれようと、これまで自分に与えられた任務には、期待以上に応えてきたという自負がある。

可能な限り、上のポジションを目指してきたのは出世欲ばかりではない。

自分なりの正義というものもあった。

だが、そんな個人の思惑など上にとっては取るに足らないのだということを、芦川は思い知ったような気がした。

けれど、駒には駒の、犬には犬の意地がある。

退職の理由は、自分自身が決めるのだ。上の都合や思惑で辞めることは納得が行かない。

この任務を遂行しようがしまいが、おそらく自分は閑職に追いやられるか、有りもしない嫌疑をかけられ免職になるだろうと気付いてから、芦川はむしろ、今まで感じたことのない高揚感に酔い痴れていた。

みすみす飼い主の思う壺などにはまるわけには行かない。

「私、あの男はいつかこういう死に方をするんだろうと思っていた」

「熊谷のことですか?」

「バカだと思うでしょう? あんな男に長い間貢いでいたなんて」

自嘲気味に美波はまた電子タバコに口を付けた。

あの夜、熊谷を殴った右手がまだ痛む。

何故あの時、自分はあれほど激高したのか……。

「うすうす気付いてはいたのよ。あの男は、私に入り込むかもしれない大金が目当てで傍にいたってことは……」

「孤独だったんですね」

芦川の呟きに、美波が吹き出した。

「あなたに言われたくないな……初めて会った時から、あなたの方こそものすごく孤独な人だと思っていたわ」

似ているのかもね……私やあなたに限らず、人って皆孤独なのよ、きっと。

美波は口調を変えて静かな声で言い、川向こうの景色に目を向けた。

美波は確か、自分より二歳上のはずだが、口を閉じると、その横顔はまるで二十代前半のように幼く見える。

「熊谷ってね、前はあんなじゃなかったのよ。ゲームオタクで大学もろくに行っていなかったけれど、私には優しかった……」

「何が切っ掛けだったんですか？」

「泣かれたのよ……お願いだから付き合ってくれって。あれもきっと計算だったのよね、今考えれば、引っ越ししてきたのも、あの弟の差し金だったのかもしれない」

口を開いた横顔は、年相応の顔に見えた。

その弟に、美波は夕方、電話を入れた。

三日後に、美波は弟と決着をつけると言った。

「誓約書にもサインをしておいたわ。安心して。もうすぐあなたも私のお守りから解放されるから……」

「あの、副総監への手紙には、何と書いたんですか？」

「余計なお世話って書いたのよ」

美波はケラケラと笑い、突然笑いを止めて「もう、たくさんなのよ、こんな生活早く終わりにしたいの」と暗い声を出した。

言葉とは裏腹に、美波は軽い足取りでリビングに戻った。

まるで、長年の住処のように——。

刑事の使命 IX

ネットカフェのボックスで目覚めるのは、今朝で三回目だ。

萩原の行動は、三日前に尾行を開始してから、何も変化が見られなかった。判で押したように、始業10分前に本庁の通用口を入り、終業時刻の30分後には再び通用口に現れた。

そして、尾行初日と同じように御茶ノ水のスポーツジムに向かい、二時間後にはタクシーで消えた。

人と会うこともなく、何処かに立ち寄るわけでもない。

『今日は金曜だから、さすがに何処かに呑みに行ったりするんじゃないか？』

スマホから吾妻の欠伸を嚙み殺した声が聴こえる。

ボックスには周囲からの音は聴こえてくることは殆どなかったが、できるだけ真帆は声を落とした。

「ああ……今日はもう金曜日か……」

岡田の遺体が発見されてからすでに十日が経ち、熊谷の他殺体が発見されてからも一週間が経とうとしている。

熊谷の事件の捜査には殆ど進展は見られず、未だに目撃情報もなく、凶器発見にも至っていないということだった。

『俺、今日はフルさんと昨日の被疑者の取り調べなんだ。そっちは任せるからな』

昨夜、阿佐ヶ谷で放火殺人未遂事件が起こり、身柄を確保された容疑者の取り調べを行うという。

真帆は、まだ被疑者の取り調べをした経験はなかった。

以前、古沢が暴行事件の被疑者の取り調べをする際、真帆も記録係で呼ばれたことが数度あったが、どちらかといえば真帆には苦手な仕事だった。

被疑者には、もちろん様々なタイプがある。

確固たる物証を前にしても、あくまでも容疑を認めずふて腐れる者もいれば、容疑をすんなり認めて空腹を訴える者もいる。前者のようなタイプに、古沢は激高し声を荒らげ、後者にも、別の感情で声を荒らげる。

どちらにしても、愉快な時間ではない。

できれば、今のように、未解決事件の捜査を担当するほうが自分には向いていると思う。

『おまえ、朝にアイツを確認したら、夕方まで何してるわけ？　そこに戻って漫画三昧とかだったら、代わってやってもいいぞ』

「けっこうです。言っとくけど、私、漫画は好きじゃないし、日中だって、調べ物とかいろいろ忙しいんだから……」

体力温存と捜査確認の時間だと伝えるが、ほとんどゴロ寝状態だとは言わない。

電話を切り、リュックの中から着替えを取り出した。

女子専用シャワー室を使い、髪も洗い、気分を切り替える。

昨日まで着た白いシャツは、さすがに今日は袖を通す気にはならなかった。

地下鉄の車内はいつも混み合っていて、萩原に気付かれる心配は全くと言っていいほどなさそうだったが、あの男には決して気を緩めるなと、もう一人の自分が言っていた。

基本は紺のパンツスーツに黒いダウンコート。

同じような外見の女は他にも大勢見られるが、一見、目立たない格好の人物にこそ、人の目が留まることがある。晴天の道路に映る、自分自身の影に気付く時のように。

真帆は、連日、帽子やマフラーを使って外見の変化に気を遣った。

相手が自分のいる方向に顔を向ける事がなくても、視界の隅の一端にでも、同じ印象を残してはいけないと思った。

以前、尾行に失敗している経験から学んだことだ。

対象者から目を逸らした瞬間に、相手が自分を見ていないとは限らないのだ。

今日は、チェックのマフラーに黒ぶちの眼鏡をかけてみる。裸眼で1・5の視力だから、勿論、度無しの眼鏡だ。

肩まで伸びたままで放っておいた髪を、後ろでひとつに結わえてみる。

小さな顔が余計に小さく見えて、化粧っ気のない顔が更に幼く見えた。

一見、上京したての真面目な学生に見えないこともない。

十歳以上、若返った気分だ。

ロビーにある姿見で確認し、真帆は上機嫌で外に出た。

コスプレにハマる者の気持ちが、少し分かったような気がした。

久しぶりに、本庁前のコンビニに入る。

珈琲代を精算した外国人の店員は、真帆の顔を見ても表情に変化はなかった。

先日まで何度もイートインに現れた女とは気付かなかったに違いない。

外に面したガラス窓に沿っているカウンター席の端に座り、熱い珈琲を啜りながら、いつものように通用口を見つめる。

毎朝、同じ時間の電車に乗るのだろうから、通用口に現れるタイミングは決まっている。

そろそろ萩原が現れる頃だと人波を凝視していたが、いつもの時間を過ぎても萩原は現れなかった。

警察官とはいえ、総務部勤務であれば、一般企業のような勤務形態だ。

一時間近くねばってみたが、萩原は現れなかった。

出張か休みを取っているとしたら……。

夕方以降の動きを決めるためにも、真帆は、総務部に電話を入れた。

今、萩原が本庁にはいない。職員が本人に取り次ぐことはない。

案の定、萩原は今日一日休みを取っていた。理由は有休消化だという。

〈仕方ないか……今日は筋トレでも……〉

諦めかけた時、ある声が蘇った。

『あの会員さんは、体作りに特に熱心な人です。通勤バッグの中に5キロのダンベルを持ち歩いていると自慢してらっしゃいましたよ』

萩原が毎晩通うスポーツジムのトレーナーの声だ。

熱心に体作りをしている……体調不良で休んでいるわけではないとしたら、ジムには行く可能性がある。

《H、本日は休み。18時頃から御茶ノ水のジムに向かいます》

一応、吾妻にはメールをし、真帆は残りの珈琲を飲み干した。

再び、歩いてネットカフェに戻り、曜子からきているはずのスマホのラインを開いた。

《眩い光が一面に見えるが、その中心の黒点が大きく広がるのが見える。今日は光と黒いものに注意。ラッキーカラーは黄蘗色》

ありがとうのスタンプを返し、真帆はリュックを開いた。

下着やシャツ類の着替えの他に、読みかけの推理小説の文庫本、［缶つま］と呼ばれる酒のつまみの缶詰が三缶、そして、のど飴。

一応、勤務中の身だ。時間があるからといえ、昼から好きなビールを飲む訳にはいかず、真帆は近くのコンビニから買ってきたカツサンドを頬張りながら、小説を読み、少し微睡み、スクワットを百回こなして御茶ノ水に向かった。

案の定、19時近く、萩原はジムのあるビルの前に姿を現した。

うっかり見逃すところだったと真帆は焦った。

萩原はクロスバイクと呼ばれる自転車で現れたのだ。

服装は、いつもの紺色のウールコートではなく、肩にブランドのロゴマークが付いた短いダウンに、スウェットパンツ姿だ。

真帆は、その複合施設の一階にあるファミレスの中にいた。

道路側は全面ガラス窓になっていて、このビルを利用する者を確認するのに打って付けの場所だ。

初めて見る私服の萩原は新鮮だった。スーツ姿からは想像しにくい姿だったが、新鮮に感じたのは一瞬で、その雰囲気はいつもと同じように真帆は感じた。

何故かは分からなかったが、この男には、何か独特な雰囲気があった。

服装等とは無関係な、素の生き物の匂いだ。

インテリは短命なイメージがあるが、萩原からは、野生動物のようなしぶとさを真帆は感じ取っていた。

いつものように、二時間待つ覚悟だった。すぐに吾妻にメールを打つ。

《H、ジムに入る。今日は自転車で来た。二時間は出てこないはずだから、できたら車でこっちに合流して欲しい》

普段はタクシーで帰宅するのだから、たとえ小路の中の住まいであっても、近くまでは車で尾行ができるはずだ。

直に返信が来る。《了解。一時間半くらい待て》

このフットワークの軽さは真帆の救いだ。

吾妻は今日からは別件で忙しいはずだ。おまけに古沢と組まされたようだから、二人のちぐはぐな遣り取りが想像できた。同年齢の真帆には吾妻の困惑が勿論想像できるが、古沢の苛立ちも最近は理解できるようになった。

萩原の自宅を突き止めることができたら、明日には一度狛江に帰ろうと思った。

曜子にラインを打ち始めた時、萩原の姿が突然視界に入った。

意外な展開に驚くが、体は素早く反応する。急いで会計を済ませて外に出ると、萩原がビルの前の駐輪場から自転車を走らせ始めるのが見えた。

〈ヤバっ!!〉

真帆は咄嗟に後を追って走り出した。

萩原の自宅があると思われる神田方面ではなく、自転車は湯島の方角に向かった。

幸い、萩原の自転車のスピードは速くはない。けれど、懸命に走る真帆を尻目に萩原の後ろ姿はどんどん遠離る。車や通行人も少なく見通しは良いが、信号を二つ渡ったところで、ついに萩原を見失ってしまった。

このまま戻るわけには行かない。

毎日のルーティンを崩すことは、萩原にとっては稀な事だろう。

この後に、イレギュラーな予定があるのに違いない。

左右の小路や建物に入ったとしたら、見つけることは難しいだろう。

吾妻に伝えたら何を言われるか分からない……。

体から汗が湧き出てくるのが分かる。

歩道の隅に寄り、首に巻いた黄色と青のチェック柄のマフラーを外した。

〈……ったく、何がラッキーカラーだよ〉

曜子の占いは黄蘗色とあったが、黄色も変わりはないだろうと、普段は黒いマフラーをわざわざ変えてきたというのに……。

深々とため息を吐いた時、車道を背後から通り抜けた一台のタクシーが数メートル先で停車するのが見えた。

黄色い車体……。

久しぶりに走ったせいか、膝が少し震えていた。

息を整えながらタクシーを眺めていると、二人の男女が降りてきた。

そのシルエットが街灯の下に入った瞬間、ぼんやりしていた真帆の脳が再び覚醒した。

〈どうして、ここに……〉

カップルの男がスマホを取り出し、周囲の建物を見回している。

女が男の手元を覗き、何やら話し込んでいる。

直に、女が左斜めのビルを指し、二人で向かって行く。

女の左手は男の右腕に絡まり、まるで酔っているかのような覚束ない足取りだ。

真帆は反射的に歩き出した。

何かが起こる。

朝から感じていた予感が的中した。

その細長い小さなビルは、一階に学習塾の看板が見られたが、七階建てにも拘らず、最上階以外には明かりは点いてはいなかった。

近付いて見上げると、明かりのないガラス窓には内側から貼られた大きな紙に、貸店舗募集の文字が見られた。

薄明かりのある一階のエントランスに入ると、エレベーターが最上階に止まっているのが分かった。

あの二人が向かった場所であることは間違いないはずだ。

胸の動悸を他所に、真帆は自分が思いのほか冷静なことに気付いた。

住所とビル名を記したメールを、吾妻のスマホに送信する。

これで、この十日間抱え続けた疑問に間違いなく答えが出るのかと思うと、疲れきった体に再び力が蘇ってくる。

真帆はエレベーターを使わず、非常階段を上がり始めた。

最上階の薄闇の廊下に体を入れると、少し遠くから人の声が聴こえてくる。

狭い通路の左手に、二つのドアが見られ、奥のドアの下から明かりが漏れていた。

そっとドアに近付き聞き耳を立てると、それらの男たちの声に聞き覚えがあった。

「……あんた、いつからこの女に寝返ったんだ？」

萩原の声だ。

「あんたは、一課長の飼い犬だろう？　一課長どころか林田のオヤジも裏切ったら警視庁にはもう席はなくなる。それが分かっていて此処に来たんだろうな」

初めて聞く萩原の口調だ。

「俺は、今も俺の仕事をしているだけだ」

応(こた)えた声は、いつもの芦川のものだった。

「茂樹、この人は何も知らないのよ……私があんたに殺されないように守ってくれていただけよ」

女の声に聞き覚えはなかったが、その名前はとうに分かっている。

「気易く俺の名前を口にしないでくれないかな。こっちはあんたを姉貴だなんて一度も思ったことはないんだからな」

〈姉……どういう事？〉

「そうね。あんたは昔から自分のことしか頭にないものね……あの岡田っていう警察官や熊谷も、どうせあんたが……」

すると、萩原の声音が変わった。

「俺は知らない。オヤジが誰かに始末を頼んだんだろう」

〈オヤジ？……元検察官次長？〉

現在は天下り先の大手企業の取締役になっている男だ。

「芦川さん、あんた、この女に騙(だま)されてんだよ。こいつの言うことは全部嘘だ。この女はな、オヤジが愛人に騙されて作った子どもだ。遺産の相続人にするためにな。大したタマだよな、おまえの母親は」

先日までの萩原はもういなかった。

声は同じだが、その物言いは次第に別人になってくる。

「教えてやるよ。オヤジは心臓に爆弾を抱えていて、いつ死んでもおかしくないんだ。弁護士から勧められて生前贈与をすることにしたんだが、認知もしていないこの女が大金を相続することが許せなかったんだよ」

〈遺産相続……生前贈与？〉

「金目当てに騙されて作った娘だもんな。オヤジが認知を拒否したのは当たり前だが、おまえの母親はDNA鑑定書のコピーを送りつけてオヤジを脅したんだ。大したタマだよ」

知り得なかった答えが次々と出てくるが、それは真帆の想像を遥かに超えていた。

このシーンの行方は何処へ向かうのか――。

一瞬、真帆はラジオドラマを聴いているような錯覚を覚えた。

けれど、直にリアルな時間であることを思い知らされた。

真帆のバッグの中で、ラインの着信音が鳴ったのだ。

部屋の中が一瞬静かになった。

真帆の足は咄嗟に走り出していた。

背後でドアの開く激しい音がして、誰かが追ってくる足音がした。

通路から階段の踊り場へ出ようとする真帆の腕を、背後から誰かの手が捉えた。

「椎名！　どうして……」

すぐ耳元で、芦川の鋭い声がした。

振り返ると、芦川の青ざめた顔の向こうに、萩原と美波の顔が並んでいるのが見えた。
――と、次の瞬間、その三つの顔がぼやけて行った……。

頭の芯が疼いている。
久しぶりの痛みだ。
虚血性貧血……とか言うんだっけ。
曜子から言われてたもんね……あの時の後遺症かどうか病院で精密検査をしろと。
いつもすぐに治ってしまうから放っておいたんだけど、やっぱりマズいかなあ。
頭だものね。脳だものね。
やっぱりマズいかもしれないね。
肝心な時に、こんなじゃどうしようもないね。
警察をクビになったら、どうしようか。
曜子の洋品店を手伝って、ベトナムからアオザイでも仕入れようか。
いいかも。アオザイ。団地のオバちゃんたちに似合うといいけど。
「どうしたんだ、この女」
ああ。またあの嫌な声がした。
「うるさく付き纏いやがって。所轄の刑事って男も女もハエみたいなヤツらだな」

声は悪くないんだけど、品がないのよね。

いい大人なんだから、そこいらのガキみたいな言葉は使わない方がいいと思うよ。

私なんかじゃ足下にも及ばない世界で育ってきたんじゃないの。

何が不満でそんなに怒っているのかな。


「椎名、椎名！」

「う……るさいなあ……」

じわじわと、目が開いてくる。

「誰よ、あんた……私は無理矢理起こされるのが一番不愉快なんだけど……」

目の前にいる誰かの顔が次第にはっきりと見えてくる。

その顔が分かった瞬間、真帆は飛び起きた。

「芦川さんっ!!」

「椎名、大丈夫か……」

「芦川さん……あれ、私……」

ゆっくりと視界が広がると、自分を覗き込む芦川と、その脇に菅野美波がいた。

二人とも不思議な形で、真帆と同じように床に座り込んでいた。

咄嗟に立ち上がろうとして、自分の手足が自由でないことに気付いた。

両足首は結束バンドで縛られ、後ろに回された手首にも痛みが走る。

芦川と目を合わせると、小さく首を左右に振った。

その瞬間、芦川と美波も、真帆と同じ状態で身動きができないことが分かった。

「所詮(しょせん)、君みたいな刑事には限界があるんだよ、椎名巡査」

声のする方に顔を上げると、萩原が覚えのある笑顔で言った。

「君の努力が報われないことは残念に思うけど、仕方が無いよね。余計な努力だもの」

なあ……と別方向に顔を向けた。

その視線の先に、見覚えのある男が立っていた。

「あ……！」

「あなたももっと筋肉を鍛えておくべきでしたね」

ニヤリと真帆を見下ろした男は、あのスポーツジムのトレーナーだ。

「あんたたち、グルだったの？」

「茂樹、この二人は関係ないのよ、殺すなら私一人でいいじゃない」

突如、美波が絞り出すような声で言った。

「バカか、おまえは。この二人は刑事なんだ。生かしておいたら、俺はアウト！ いくらオヤジでも、そうそう何度も上のやつらに頭を下げるわけにはいかないだろう」

「頼めばいいじゃない……今までだってそうやってパパに泣きついて自分の罪を帳消しにしてもらってきたんじゃないの？」

真帆は、自分でも意外に思うほど余裕のある声を出した。

「ウザいよ、おまえ」

舌打ちをしながら、萩原がトレーナーに目で合図した。

男の足下にポリタンクが二つ見える。

「茂樹！　お願いだから。相続放棄の書類にはサインしたし、これであんたと会うつもりはないし、五年前のことも絶対に誰にも言わないから……」

「そんなの信じられるわけないだろう。熊谷もおまえも、ずっと俺から搾り取って暮らしてきたんだ……岡田だって同じさ。俺はそういうおまえらとは別の世界で生きてるんだ、今までも、これからもな」

萩原と美波が話している間に、芦川が真帆に体を寄せてくるのが分かった。

その意味を、真帆は瞬時に理解した。

トレーナーがポリタンクの蓋を開け始める。

「ねえ、ひとつだけ教えて！　岡田と熊谷を殺したのはあんたなのね？」

「違うよ。君はまだまだ思考力に乏しいね。アリバイはいつでも教えてやると言ったろう？　まあ、岡田を俺が殺したのは正解だけど、熊谷はあっち」

二つ目のポリタンクの蓋も開けようとしているトレーナーを顎でしゃくった。

「こういう男を優秀な番犬と言うんだよ。番犬だからって、ご褒美を奮発するだけじゃだめなんだ。ちゃんと最後まで面倒を見る責任があるんだよ」

「あんた、萩原に何か弱みでも握られてるの？」

言いながら、トレーナーの気を引く。

真帆は縛られている両手の指先で、芦川の結束バンドのツメを押して外そうと試みていた。芦川は、縛られる時に手首を交差させたらしく、少しねじる事により隙間ができていた。以前、警察学校で実習したような覚えがあった。

「弱みなんてないっスよ。俺、萩原さんみたいにストイックな男が好きなんスよ。ま、ジムに出資してもらってるっていう恩義も確かにありますけどね」

ヘラヘラしながら、ポリタンクを掲げて萩原を見た。

萩原が頷いた。

駄目か……と思った瞬間、何か嫌な匂いに気付いた。

トレーナーがポリタンクから液体を撒き散らしながら近付いてくるのと、芦川がその体に飛びつくのと、ほぼ同時だった。

「なッ……!?」

意表をつかれたトレーナーの足を取り、芦川がその上体を押さえ込んだ。

「芦川さんっ!!」

真帆が叫ぶ前に、美波が叫んだ。

芦川が座っていた床に、黄色い使い捨てライターと焦げた結束バンドが転がっていた。

「おい！　早くしろ！」

萩原が悲鳴のような声で叫んだ。

芦川と揉み合いながら、トレーナーが萩原に向かってチャッカマンと呼ばれる大型のライターを投げたと同時に、部屋の外に騒がしい物音がして、ドアから数人の警察官が飛び込んで来た。

「動くな！　萩原！」

若い警察官が緊張気味に叫んだ。

啞然とする萩原の手から、ライターが転がり落ちた。

「俺じゃない！　コイツらがっ‼」

取り押さえられて喚く萩原に、真帆は叫んだ。

「エリートなんだからオタつくんじゃないよ！」

トレーナーと芦川も抱えられて起き上がると、芦川は、美波を最初に見た。

美波も芦川を見て少し笑った。「煙草、止めないで良かったわ……」

真帆があの時結束バンドを外すのを戸惑っていることに気が付いて、美波がジーンズの尻ポケットからライターを取り出し、芦川に渡したことが分かった。

まだ喚いて抵抗を続ける二人の男が連行されて行くのを見送り、芦川は改めて真帆を見た。「悪いな、巻き込んで……」

訊きたいことが有りすぎて、自由になった両手を揉みながら曖昧に頷いた時、警察官を押し退けて、息を切らせた吾妻が走り込んで来た。

「椎名！　大丈夫か!?」

真帆は鼻から軽く息を吐いた。

「遅いよ、あんた……」

＊＊

取調室に入るのは、これで何度目だろう。

何度経験しても、苦手なものは苦手だ。

今までは被疑者の供述内容の記録をする作業で、それらの者と直接言葉を交わすことはなかった。

荻窪東署の取調室の室内は、意外に広い。

窓こそ広めに取ってあるわけではなかったが、壁の色も無機質な白やグレーではなく、明るいクリーム色だ。

無論、壁にはマジックミラーがあり、簡素なデスクとパイプ椅子が設置されているだけだが、照明も柔らかく、息苦しさは感じられなかった。

誰の提案で何処の内装業者に委託されたのか分からないが、新堂の話によると、本庁からの指示で、できるだけ取り調べを受ける者たちが心と口を閉ざしてしまわぬよう配慮したということだった。

もちろん、どのような空間であっても、最初から最後まで黙秘を通す者もいる。

だが、初犯の被疑者の場合、ほとんどの者が何故かこの空間では口を割ると言われている。

部屋に入る前は、テレビドラマや映画の演出に見られる、狭くて暗い部屋に強面のオヤジがいるイメージを誰しもが想像する。

緊張と猜疑、後悔や不安。様々な感情を抱えて入室する初犯の被疑者たちは、この部屋の雰囲気に、ひとまず安堵するに違いない。

旨い高級茶が出されるわけではないが、任意で連行された容疑者であれば、自由に自腹で食事を取り寄せることもできた。

一度だけ、コンビニ強盗の被疑者の事情聴取時に、『一度、こういう所で食べてみたかった』と、カツ丼を注文した若い男を見たことがあった。

その時、犯罪者とはいえ、人の心理というものは、どんな事態に陥ろうとその者の嗜好は隠しきれないものなのだと真帆は感じた。

今、目の前にいるこの男の場合はどうだろうと考えながら、真帆は萩原と目を合わせた。

萩原の取り調べを命じたのは新堂だ。

真帆には苦手な仕事だということは、十分承知の上での采配に違いなかった。経験を積め、ということなのだろうが、真帆には少し、否、だいぶ重荷だった。

「昨夜は眠れましたか？」

真帆が口を開いた。

「あなたこそ、ちゃんと寝ないと頭が回りませんよ」

昨夜垣間みた萩原の憔悴しきった顔は、以前の自信を取り戻したかのように見える。

「しかし、椎名巡査の取り調べを受けるとは思わなかったな……この署はよくよく人材不足なんですね」

萩原は真帆から視線を逸らし、わざとらしく天井を見上げた。

「萩原さん、分かっていると思いますけれど、あなたは殺人未遂の現行犯で逮捕されたんです。貴方も元警察官だったら、ヘタな芝居はやめて下さい」

「今更芝居を打とうなんて思っていませんよ。少し、世間話をするのは許されないことなんですか？」

萩原は、余裕さえ感じられるゆったりした口調で真帆に視線を戻した。

舐められている。そう真帆は思った。

「萩原さん、貴方は元同僚だった岡田亮介を殺しましたか？」

一番聴きたい答えを真帆は待った。

「黙秘します」

「証拠があります」

真帆が促すと、傍に立っていた若い刑事がビニール袋をデスクに置いた。

「このシャツは貴方の物ですよね。購入履歴から貴方の物だと分かっていますが」

チラリとシャツに目を落とした萩原に、何の動揺も見られない。

「誰かにあげた物だと言ったらどうします？　一度濡れた布から指紋を採取するのは不可能に近いでしょうね」

「では、このシャツが何を意味するかは分からないと言うんですか？」

「分かりませんね」

萩原は少し苛つき始めたのか、早口で答えた。

「では、話を変えます。五年前に岡田亮介が起こした事件のことですが」

「……またその話ですか」

萩原は眉根に皺を寄せ、ふん、と鼻で笑った。

「あの女に訊けばいいだろう……何度も同じ話をするのは面倒だよ」

萩原の口調が砕けた。ようやく本性がまた顔を出す、と真帆は心の中で微笑んだ。

真帆は手元のタブレットを開いた。

「あの事件の時、あなたが通報を受けて現場に駆けつけた際、倒れた被害者の上で岡田亮介は後頭部を殴られて昏倒していた、とありますが」

「ああ。俺は巡回中だったから、交番にいるはずの岡田が倒れていて驚いた」

「そして、貴方が岡田を抱え起した時に、岡田は意識を取り戻した……その時、岡田の体から酒の匂いがした……これは明らかに嘘だと言うことは証明されてはいますが」

「椎名巡査……あんた、事情聴取、ヘタだな」

は……？

「この取り調べは、あくまで昨夜の殺人未遂の取り調べだろ？ まずはそこを認めさせないと、過去の事件をゲロさせることなんて普通はできないはず。学校で教わらなかったのかな？」

挑発に乗ってはいけない。

自分より知恵の回る相手には、何を言われようと動じてはいけない。

相手は先回りをして、いずれは苛立ち、余計な事を言い出すのだ。

岡田のアルコール臭のこともそうだったに違いない。

真帆は話を変えた。どこから訊こうと、岡田の死に必ず辿り着くはずだ。

「あなたの供述で罪の重さが決まる関係者や、もしかしたら少しは心が救われる人がいるかもしれないんです」

「俺には関係ない」

「あなたの姉の菅野美波さんは、あなたに殺されることを怖れていたようですが、それは、あなた方の父親の生前贈与に関係しているんですか？」

萩原たちの父親は、元々が財閥の子孫であり、都内に数軒のビルや土地を所有していた。病弱だった先妻に子どもはできず、愛人だった神楽坂の芸者が産んだ子どもが美波だ。先妻死亡後も美波の母親は本妻にはなれず、何度も美波の認知を要求したが拒否され続け、すぐに後妻となった資産家の娘が萩原を産んだ。

その母親も精神を病み、現在も入院中。父親の正隆も心臓病を抱えていることから、生前贈与をすることにした。

「あの時まで、俺はあの女を殺そうなんて考えた事もない。あの女を殺すとしたら、オヤジの手下の誰かだろ？　オヤジはババアの色仕掛けで毛髪を盗まれたって怒り狂っていたからね」

美波の母親は美波の将来を案じ、十年前、再度認知を求めて正隆を呼び出し、正隆が口を付けたカップと毛髪を手に入れ、専門機関にＤＮＡ鑑定を依頼した。

「確かな親子関係が証明されたんですね」

その鑑定書を弁護士に預け、再三正隆に財産分与を求め続けていたが叶わず、数年前に病死していた。

強制認知の手続きは、家庭裁判所に認知を求める調停を申し出る必要がある。

母親の死後も、美波が裁判を起こしてまで認知を求めようとはしなかったが、正隆は、それを怖れていた。愛人の一人にしか過ぎなかった女が勝手に産んだ子どもに、戸籍を汚されたくないと考えた。

「一度も会った事もない娘に愛情が湧くわけがないだろうな」

元々、遺産目当てに相談もなく妊娠したのだと、萩原も聞かされていた。

「俺は金などはどうでもいいんだ。自分が当然相続する分だけで、あの女に幾ら渡ろうが興味なんてなかった。だが、あの女のヒモは違ったんだよ」

「熊谷のことですね？　熊谷は、あなたに金で雇われて岡田の事件がでっち上げだと知りながら通報した。そして、当時、岡田の無罪を確信していた父親や、被害者として岡田を告訴した菅野美波の行動の監視役を引き受けた……」

ほう……と萩原が目を少し見開いた。

「岡田の父親っていうのが、しつこく嗅ぎ回って俺に電話を何度もかけてくるから、熊谷に偽名を使って見張らせておいたんだ。ヤツは裁判には出廷していないから冤罪被害者の会員だと言えば、相手は気を許すだろうと思ってね」

「本名だと、第一通報者だと知れてしまうからですね？」

「しかし、良く調べたね。死人に口無しっていうのに、そこまで辿り着いたんだったら褒めなくちゃいけないな」

「まあ、菅野美波さんの供述から私が推測しただけですけれど」

菅野美波を取り調べたのは、古沢だ。真帆ではない。

「女は嫌だね。何でも喋っちゃうんだものな。ずっと俺から生活費を受け取っていた恩なんてすぐに忘れて当然だと思っていたんだよ」

萩原は、温くなった日本茶を一口啜り、所轄の茶はまずいな、と呟いた。

「その生活費というのは、口止め料なんじゃないですか？」

「残念でした。途中からはそういう意味もあったけど、最初は……夜も働いて男に貢いでいるような女が、俺の姉だなんて岡田や同僚に知られるのが嫌だったんだろうな。オヤジも、一族の恥になるからと、相続放棄を請求してたんだ。だが、あの女は、性懲りもなくDNA鑑定書のコピーをオヤジに送りつけてきたからな。まあ、それも熊谷が指示したんだろうけど……」

「DNA鑑定書と相続放棄の書類を、幾らで買おうとしていたんでしょうね」

「さあね。金なんて、いくらでもオヤジが出してくれたからな」

萩原は、他人事のように突き放した言い方をした。

一転、萩原は何処か陶酔した顔で呟いた。

「オヤジは、俺の神様なんだ。いいことも悪い事も、全部与えてくれる」

放っておくと、また萩原のペースになる。

「岡田亮介を殺したのはあなたで間違いないのですね？」

真帆は、いきなり話を戻した。

「自殺だって決まったんだろ？　俺が岡田を殺す動機なんてどこにもない！」

「あるんだよ！」

真帆は抑えきれずにいきなり立ち上がったが、マジックミラーを意識して座り直した。

ミラーを隔てた隣室では、新堂班の連中が見守っているはずだ。

「あんた、昔から変な癖があるんだってね。路上生活者を襲ってから自分で助けたふりをして通報したり、警察官になってからも、認知症の高齢者を襲って、助けた振りをしたり……それって、岡田亮介も知っていたんじゃないの？」

一気に捲し立てて、深く鼻から息を吐き出した。

「そして、岡田が警察を辞めるように、あの事件をでっち上げた！　熊谷と菅野美波を金で操って……」

「それで？　その先は？　あんたの推理はどういう話になるんだ？」

真帆はデスクの上に両腕を組んで、上体を萩原に近付けた。

「おそらく、あんたは、自分の犯してきた罪で岡田から脅迫されているとか何とか言って、遺産の件は、ちゃんと分配するように父親を説得することを条件に、岡田が警察を辞めるように仕向けて欲しいって、二人に芝居を打たせた」

違う？　と、真帆は、萩原に向かって小首を傾げた。

唖然と真帆を見ていた萩原が、突然笑い出した。

「だったら、その時に岡田を殺せば良かったじゃないか。ヘタに逮捕されて、岡田がペラペラと話したら終わりじゃないか」

今度は、真帆が喉の奥で笑った。

え……？　と、たじろぐ萩原の上体が少し後ろに反った。

「あんたは、岡田は絶対にそんなことはしないことを知っていたんじゃないの？」

まさか……という萩原の顔が硬直した。

真帆は、一枚の写真をデスクの上に置き、指で萩原の方に滑らせた。

まだ、萩原の顔にあからさまな動揺は見られなかった。

「これ、警察学校時代の、あなたと岡田ですよね？」

「……これがどうした？　休日に奥多摩にキャンプに行った時の写真だと思うけど」

自撮り棒を使って撮影したと見られ、普段着姿の萩原と岡田が肩を並べて笑っている写真だ。萩原の言葉どおり、背景には森林に沿って流れる渓流があり、二人の傍らには、テントの端が見られる。

「岡田さん、すごく楽しそうですね……」

「何が言いたいんだ？　俺だって笑っているじゃないか。初めてのキャンプで岡田ははしゃいでいただけだ」

それには相槌を打たず、真帆はゆっくりと写真を裏返した。

萩原の目が、その中央に書かれた文字に釘付けになった。

《LOST　LOVE》

「回りくどい言い方はやめにします。岡田亮介はあなたに好意を寄せていたんですね」

「これは、どこで……」

絞り出すような声で萩原が言った。

「岡田亮介の父親のもとに、以前本人から送られた写真です」

数日前に、新堂宛てに送られてきた。

死期を感じた岡田の父親が、冤罪支援団体に依頼し、警察学校時代から岡田が送っていた手紙やハガキを捜査の資料として全て送ってきたという。それは大きな段ボールに溢れるほどの量だった。その中から、この一枚を見つけたのは古沢だった。

『班長がな、絶対に何か見つかるって言うから、俺たちも帰るわけにはいかねえだろ』

今朝、新堂班のブースで古沢が充血した目を向けた。

LOST LOVE……この文字で、岡田は父親に自分を理解して欲しかったのか……。

「違う……岡田はあの美波のストーカーになるくらい、あの女に執着していたんだ。他に男がいるのを知って、無理矢理……」

「いい加減にしなよ！」

再び、真帆が立ち上がった。椅子が激しい音を立てた。

「あんたは岡田の気持ちを利用して、交番勤務時代も犯罪紛い……いえ、立派な犯罪を犯した。岡田は、あの事件もあんたの仕組んだ芝居だってきっと気が付いていたんだよ」

真帆は目の前の白い顔に向かって言い続けた。

「だから、五年近くもムショに入ってたんだよ。それがあんたのためになるならって。あんた、面会に行った時があるって言ったよね。会えなかったって、嘘だよね。面会記録にちゃんと残ってるよ。5分くらい話し込んでたって。あんた、その時何か約束でもしたんじゃないの？」

　白い顔に薄らと赤味が差した。

「岡田亮介を殺したのはあんたなんだよ！」

　萩原の片目尻がピクッと一瞬動いた。

「ちゃんと物証も見つけた。あんた、このシャツを凶器に使ったよね。このお気に入りのブランドのシャツ」

　萩原の眉間の皺が深くなった。

「購入履歴とクレジットカードから、あんたバレちゃってるんだよ。誰かにあげた？　そんな嘘信じると思う？」

　真帆は大きく息を吸った。

「あんた、さっき言ったよね、一度濡れた布から指紋を採取するのは不可能に近いでしょうねって。何でシャツが濡れてたことを知ってんのよ！」

　萩原の顔が、また白くなった。

　真帆は萩原の真横に回り込んで、その目を真正面に見据えた。

「芦川さんを犯人だと思わせようと、ヘタな小細工したよね。あの動画はあんたが送ったものでしょ？　STRAY DOG？　ふざけんじゃないよ！　そういうちっさいことするから、却って疑われるって、犯罪心理学で習わなかった？」

　真帆は、デスクの隅を片手で叩いた。

「あんたはニセモノの警察官だった。自分の快楽や手柄のために、認知症の年寄りを利用した。サイテーなクズだよ。正義は自分で作るって？　バッカじゃないの、あんた。そんなの刑事になんかなれる訳ないじゃん。あんたと同期の刑事が言ってたよ、岡田亮介ほど刑事に向いてる男はいなかったって」

一気に捲し立て、ハアハアと荒い息遣いの真帆を、萩原と記録係の若い刑事が唖然と見つめていた。

すると、いきなりドアが開き、吾妻が呆れた顔で入ってきた。

「やっぱ、おまえ、取り調べだけはマジで向いてないなあ」

ハッと我に返ると、石のように固まっていた萩原の首が、ガックリと前に倒れるのが見えた。

犯人の正義

あの時、岡田の顔は薄らと笑っているように見えた。

死んだというのに、いつもの岡田の顔をしていた。

最期まで無邪気な奴だ。

これまでの俺の苦労など、岡田は全く知らなかったに違いない。

岡田は言った。「死んじゃ駄目だ！」

俺は必死に笑いを堪えた。

俺は死のうなどとは一度も思ったことはない。

いや、あの時シャツを握っている手袋をはめた両手が耐えきれず、一瞬だけ何もかもが面倒になり、このまま楽に死ねたらと思ったのも確かだ。

どうせ、人は死ぬ。どんなところに生まれ、どんな育ち方をしようと。

岡田はいつも俺に憧れていた。

生まれも育ちも段違いの俺を崇めていた。

岡田が同性愛者だったことには気付いていた。でも、そんなことはよくある話だ。

気付いていないふりをすれば、相手はそれ以上距離を縮めてくることなどないのだ。

だが、俺が岡田の想いに無頓着なことが分かっても、岡田は俺から離れなかった。

「おまえはいいよなあ。生まれた時からエリートだものな。俺のようにあくせく働かなくてもいい暮らしができて、そんなシャツだって普段着にしちゃうんだよな」

岡田とは寄宿舎が同室だったから、俺の私服を羨ましそうに眺める度に言っていた。

けれど、それは岡田なりの計算なのか、と俺は思うようになっていた。

俺は岡田の飼い主のような気分でいたが、岡田は決して飼い犬の気分になったことはなかったのかもしれない。

それは、岡田の言葉や振る舞いの端々から感じることができた。

外から見えた上下関係など、岡田には全く興味がなかったはずだ。

真逆の立場に見えただろう俺と岡田の関係は、実のところは、全くと言っていいほど同等だったのだ。

お互いに、役を演じていたに過ぎない。

俺は、俺の世界の中でしか生きようとは思わなかったが、岡田は、自分の世界を俺に理解して欲しかったのかもしれない。

岡田は、おそらく、純粋に俺の傍にずっといたいと願っていたのだろう。

それには、俺の飼い犬のような振りが必要だったのだ。

ある時、岡田が言った。「苦労をしないで上に行けるんだから、オレ一人くらい引き上げるのは簡単だろう。萩原に早く上に行ってもらわないと、オレも困るんだ」

そう言われたら、他の人間はどう答えるのだろう。

苦労をしない人間など、いない。「俺だって苦労も努力もしている」と岡田に言った時、岡田は屈託のない笑顔のままで言った。

『俺、萩原のためには、何でもするよ』

あの時は、岡田の計算に嫌悪を感じたが、今となってみれば、あの言葉も、単に、俺の傍にいたいと思っていたからなのかもしれない。

岡田は、いつも俺の秘密を共有していた。

何度も偉そうに説教していた。「萩原には、上を目指してもらいたいんだ。こういうことはもう終わりにしろよ」と。

岡田は、俺の秘密を守る代わりに、大きな人生の保証というものを俺に求めているのだろうと、俺は思った。

一生、岡田に付き纏われるような気がした。

そんな時、管轄内のアパートに住む腹違いの姉がいることが弁護士から報された。

俺が会いに行ったのは、血を分けた姉に会いたかったわけでも、好奇心からでもない。

単に、生前贈与を放棄する書類にサインをして欲しかっただけだ。

弁護士では追い返されるだけで歯が立たず、俺にお鉢が回ってきただけだ。

オヤジには逆らえないから仕方なく接触しただけだ。

あの女は、金に困っていたが、金に屈するような女ではなかった。

愛人だった母親もそうらしいが、金よりももっと大きな、たとえば、権力とか誇りとか、目に見えない途方もなく巨大なものをいつも欲しているように見えた。

岡田には気の毒だが、あの事件は、俺にとっては賭けのひとつに過ぎなかった。

遊びと言ったら罰が当たるのだろうが。

熊谷とあの女は、その計画に簡単に乗ってきた。

無論、金のためだ。女はともかく、熊谷はいつも金欠だった。

引き籠りのゲーマーで、自分の趣味が一貫しているだけの男だ。あんなヤツのどこが良くてあの女は貢いでいるのか俺にはさっぱり分からなかった。

『どんな血が流れていても、触れば温かいのよ、人って……』

確か、そんなことを言っていたと思う。

あの女は熊谷に言いくるめられて仕方なく芝居に付き合ったのかもしれない。

事実は、岡田の供述どおりだ。

女が岡田に飛びつき自分から倒れ込んだのだ。

岡田の頭を花瓶で殴り、失神させたのは熊谷だ。

岡田は否認していたけれど、意識を失っていた数分の間の記憶はなく、もしかしたら自分はあの女の供述どおり、女が誤解するようなことをしたのかもしれないと言っていた。

誤解……。そう、岡田は女を襲うわけはないのだ。

二審に提出された唯一の物証の岡田の皮膚片は、オヤジが検察を脅して手に入れた誰か別のヤツのものだろう。

そんなことなど、オヤジにとっては簡単なことだ。

あの女から岡田の公用携帯に電話した記録など、オヤジが直に誰かに消させた。

岡田が五年近くもの間、否認をし続けたのは、岡田自身の名誉と俺のためだ。

真の警察官は人を襲う行為などはしない、という俺へのメッセージと、性的衝動で女を襲うことはありえないという、岡田自身の性的指向……。

俺は、それを上手く利用しただけだ。

けれど、四年八ヶ月はあっという間に過ぎてしまった。

俺は警視庁の総務部にいたが、近く、警察を辞めてオヤジが取締役に天下った企業に勤めることが決まっていた。

俺は、世の中は何て合理的で、権力には敵がいないのだということを実感し、毎日が愉快でたまらなかった。

ブランド物のシャツを普段着にし、好きなだけ自由な時間を手に入れ、ジムに通い、健康な体を維持する……。

そんな時に、いきなり、出所した岡田から電話が入った。

岡田は言った。「俺の就職先何とか探してくれないかな。萩原しか頼れないんだ」

池袋にいると言う岡田に会いに行くと、牛丼屋に連れて行かれた。

「牛丼屋なんて、来た事ないだろう？　警察官だったら、こういう所も知っておいた方がいいと思うけどな」

岡田の声は、俺には皮肉たっぷりに聴こえた。

俺は、「とりあえず一千万でどうだ？」としか言わなかった。

岡田は、意外そうな顔で笑って「とりあえず一千万……？　夢みたいな話だ。これでオヤジをいい病院に転院させられる」と言った。

だが、すぐにまた笑って言った。「嬉しいけれど、俺、頑張って働くよ」

だから、その後に電話があった時、就職先が決まったと伝えた。

勿論、嘘だ。

岡田がネットカフェに入って行く動画を撮ったのは熊谷だ。

俺が岡田を見張らせておいたが、まさかその動画を熊谷が警察に送るとは思わなかった。

俺に対しての警告だろう。

一生、生活を保証しなければ、あの事件の真相をバラすという意味だ。

この寄生虫から逃れるには、岡田と熊谷本人にも消えてもらわなくてはならない。

岡田の最期を決めるのは、俺の役目だと思った。それが、一途（いちず）に俺を慕っていた岡田に対する俺の義務だと思った。

あの日の前夜に、俺は岡田とまた池袋で会う約束をしていた。

だが、俺は行かず、ジムのトレーナーに携帯電話を調達させて岡田に渡してもらった。闇サイトからレンタルしたガラケーだ。

岡田は喜んですぐに俺に電話をかけてきたが、俺は出なかった。

そして、明け方近くに、俺から電話を入れた。

「もう俺はこれ以上生きていくのが嫌になった。おまえには悪い事ばかり押し付けて本当に悪かった」

驚く岡田に、これから始発電車で高円寺南に行き、ビルで死ぬと伝えた。

岡田と警察学校の卒業祝いで、泊まったことのあるビルだ。

そこはオヤジの持ちビルのひとつで、長年一階以上は空き室だらけだったのを知っていたからだ。

あの時にはもう解体が始まろうとしていて、誰もいないことが分かっていた。

岡田に嘘は吐いてはいない。実際、俺は始発電車で高円寺南に着き、無人のビルに入り、スチール棚にシャツの袖を結んで首吊りの格好をして、じっと岡田を待っていた。

台風が近付いたのか、雨が激しくなってきて、もしかしたら岡田は俺を見捨てるかもしれないと、少し不安になった。

体重を支えていた両手が限界に近付く寸前、走ってくる足音が聞こえた。

「遅いよ、おまえ……」

そう思った時、岡田がようやく現れた。

雨音に混じり、駆け込む岡田の足音と叫び声を聴いた時は、心から安堵した。

俺の体を抱え込み、首からシャツの輪を外して岡田は言った。

「勝手に死ぬなよ……」

岡田は、「俺の四年八ヶ月を無駄にしないでくれよ」とも言った。

正直なところ、岡田が収監中は、その存在を忘れそうになったこともある。

罪悪感が無かったと言えば嘘になるが、俺はきっとあの時とは違う人生を生きていると思いたかったんだと思う。

リセット。

そう。やり直しができたら、どんなに幸せだろう。

その時は、そんなことすら考えなかったのかもしれない。

岡田に抱えられた瞬間、俺は岡田の鳩尾あたりに蹴りを入れた。

日頃から鍛えた体だ。いくら岡田が服役中に鍛えたと言っても、俺に敵う筈が無い。

思った通り、一瞬だけ、岡田は信じられないような目を俺に向けたが、すぐに気を失った。俺は岡田の首をシャツの輪に潜らせた。

簡単な事だった。

後は、岡田のリュックと俺のリュックを取り替えただけだ。

どこにでもあるありふれた黒いリュックだ。あいつのリュックには財布とボロボロになったドストエフスキーの短編集が入っていた。財布には刑務所で稼いだ僅かな金が入っていた。帰り道のどこかに捨てようと思ったが、財布の中から札だけ抜き取った。

勿論、そんなはした金が欲しかったのではない。

自分でも分からないが、その札は、何故か捨てると罰が当たるように思えた。

それから、最後の作業として、携帯電話の中に保存されていた岡田の父親にメールを送った。

《刑事になれなくてごめん》

岡田は、父親が目指していた刑事になることを目標にしていたからだ。

外に出る前に、岡田を振り返った。

もう動きはしなかったけれど、名前を呼べば、直に立ち上がりそうな気がした。

外は大雨になっていた。

俺は、足下に転がっていたビニール傘を拾った。

その傘が、岡田が差してきた傘だろうと思ったが、深く考えなかった。

傘一本で人生が変わるとは予想もしなかった。
あの時、雨さえ激しく降っていなければ……。
熊谷を殺した経緯？
それは明日にしてくれないかな。

刑事の使命　X

芦川は、真帆を見つけると、嬉しそうな顔で片手を上げた。

その笑顔も、仕草も、走り寄る速度も、真帆が覚えている芦川と何も変わらない。

変わったのはその服装だ。

真帆は芦川のスーツ姿しか見た事がないから、まるで初対面のように緊張してしまう。

横浜(よこはま)の山下(やました)公園を指定したのは、真帆の方だった。

「あんまり詳しくないけど、美味(おい)しい店でも探しておくよ」

電話で伝えた時に、芦川は弾んだ声を出した。

何事もなかったかのような声に、真帆もうっかりと、数日前の出来事を忘れてしまいそうになる。いや……忘れたい、が本音だった。

「光栄だな、椎名に送別会を開いてもらえるなんて……」

「そんな……送別会だなんて」

送別会などではない。

今日は、芦川との、最初で最後のデートなのだ。

この公園で、真帆は芦川と会いたかった。

目の前には青い海。右手には白い帆船が見える。

人工的な空間ではあるけれど、真帆はこの公園が好きだった。

初冬にしては穏やかな陽射しの中に、多くの人の姿が見られた。

他のカップルのように、ベンチに並んで腰掛け、二つの弁当箱を開いた。

芦川は、屈託のない顔で、「すごいなあ、これ全部椎名の手作りか？」と、弁当の中を覗いて嬉しそうな声を上げた。

「まあ……」と真帆は照れるが、半分以上は曜子の手作りだとは言わなかった。

弁当を頬張る芦川を、真帆はつくづく眺めた。

酒を一緒に飲むことは以前にあったが、芦川が物を食べるのを見るのは、警察学校の食堂以外では見た事が無かった。

自分は、芦川のことなど何も知らなかったのだ……。

聞きたいことはどんどん頭の中に溢れてくるのに、そのひと言も言えないままに、弁当を食べ終え、また海を眺めた。

「でも、あの時は本当に驚いたなあ」

口を開いたのは、芦川が先だった。

「まさか、椎名が、萩原を尾行しているとは考えもしなかった」

「……私は、芦川さんが菅野美波さんとどこかに逃げてしまったのかと思っていました」

言ってから、しまったと思った。

「そんなこと……俺のような現実主義者が考えるわけないだろう」

その口調は、少し自嘲気味に聴こえた。

ただ……、と、芦川は続けた。

「たまには、頭を空っぽにしてみないかと、言われたんだ」

芦川は海風に前髪を揺らしながら、遠くを見つめて言った。

「全ての行動に理屈や説明が付かないのが人間なんじゃないか、とも言われた。そんなの当たり前のことなんだけど……何だか響いたんだよな。死んだ俺の母親も同じようなことを言ったことがあってさ……」

頭を空っぽ……。

真帆は黙って聞いていた。

何を言っても、今の芦川にはただの相槌にしか聞こえないだろう。

けれど、美波の言葉には、芦川を動かす何かがあるのだろうと思った。

「情けない話だけど……俺の母親がいつも幼稚園に迎えに来る時の白いコート姿に、あの人が重なったんだよな」

珍しいな、と真帆は思った。芦川が、自分のことを話している……。

「伊勢に戻られるんですよね？」

「うん。親父の店を継ぐ事にした。一から修業だよ。前々からうるさく言われてたんだけど」

照れくさそうに、芦川は笑った。

今まで芦川の体を覆っていたバリアのようなものが、今日は全く感じられなかった。

「美波さんは……これから、どうなるんですか？」

「……萩原の父親は入院して余命幾許もないらしいが、財産分与は請求する気はないらしい。まあ、これだけ騒がれたら、しばらくは東京にはいられないんじゃないかな」

「伊勢に……美波さんも？」

自然に言葉が出て、真帆自身が驚いた。

答えはすぐに返ってきた。

「できたら、そうしたいと思う」

「そうですか」真帆もすぐに答えた。

「……フラれなければね」

芦川は背中をベンチに預け、笑顔を空に向けた。

菅野美波は、五年前の岡田の事件での偽証罪に問われたが、不起訴処分となった。

元検察官次長の息子の逮捕に、つい先日までマスコミの報道は苛烈を極めていた。

少し下火になったとはいえ、ネット内への書き込みは未だ後を絶たない。

熊谷との過去や職業についての美波に対する誹謗中傷も、当分収まりそうになかった。

ジムのトレーナーも殺人未遂で逮捕、起訴され、一連の事件の首謀者として、萩原は殺人と、芦川たちや真帆を殺害しようとした、放火殺人未遂罪で再逮捕された。

けれど、萩原は岡田の殺害は認めたものの、熊谷の殺人に対しては否認を続けていた。熊谷事件の取り調べをした古沢の恫喝にも怯むことはなく、証拠になる凶器も見つかってはいなかった。

だが、凶器について真帆は思い当たることがあった。

推理が正解なら、萩原の家宅捜索で、ジムの往復に持ち歩いていた5キロのダンベルから何らかの証拠が見つかるかもしれなかった。

そして、先刻吾妻から、萩原の部屋から押収したダンベルを鑑識に持ち込んだという連絡を受けたばかりだった。

「芦川さんが、熊谷の後を追っていく様子を映した動画は、ジムのトレーナーが撮影して署に送りつけたものでした」

萩原の差し金には違いなく、トレーナーの証言が有りながらも、萩原はその事実も否認していた。まるで、死んだ岡田に対抗しているかのようだった。

「俺に、捜査の目が行くようにしたんだな」

「はい、まんまと引っ掛かりました」

「椎名も、俺を少しでも疑ったか？」

海を見たままで、芦川が訊いた。

「そんなことは……」あるはずがない。

芦川を疑っていたら、真帆の捜査の方向は変わっていたはずだった。

明るい笑い声を立てて、芦川は立ち上がった。

「じゃ、俺、行くよ」

真帆の心臓は、想像していたより静かだった。

腰を上げ、芦川に体を向けた。

しばらく見つめ、どちらからともなく微笑んだ。

「伊勢に来たら、旨い酒を飲ませてやるからな」

「はい……」

芦川が差し出した右手を、真帆はしっかりと両手で握った。

その熱がお互いの手に伝わる前に、芦川は背中を見せた。

「彼女に……美波さんに、できたら煙草をやめるようにと伝えてください」

芦川は足を止めずに笑顔で振り向きながら、片手を上げた。

荻窪東署の刑事課は、久々に平和なムードが漂っていた。

ブースに顔を出すと、すぐに新堂が手招きをする。

傍に古沢も苦い顔を見せて、真帆は少し嫌な予感がした。

「椎名、おまえ、ちょっと修業に出てみる気はないか？」

いきなりの新堂の言葉に、真帆は唖然と二人の顔を交互に見た。

「あ。いえ、大丈夫です。ここ、ようやく慣れてきたとこですから」

「だから、大丈夫って、意味がおかしいだろって何度も言ってんじゃねえか！」

古沢に、イマドキの会話は通用しない。

「ま、ちょっと考えてみてくれ」

新堂は軽く笑って、古沢とまた別の話を始める。

怪訝な気持ちで席に戻ると、すぐに吾妻が寄ってきた。

「なあ、一緒に受けようぜ、昇任試験」

「やだよ、興味ないもん」

ここ何日か、吾妻が擦り寄っては同じセリフを口にする。

吾妻を振り切り、部屋を飛び出そうとすると、背後に新堂の大声が響いた。

「吾妻と椎名、お前ら経理課から苦情が来てるぞ。早いとこ今月の経費の領収書なんとかしろってさ」

はあい、と返事をし、真帆は階下への階段を降り始めた。

昼までにはまだ時間があるが、今朝は寝坊して朝食を抜いていた。

一階の売店に、まだコロッケサンドは残っているだろうか……。

三階まで降りた時、ポケットの内側でスマホが震え、取り出すと博之からの電話だった。

『今回はありがとう……今、三島の病院にいるんだけど、岡田から真帆にお礼を言ってくれと。薬をやめたそうで、意識がはっきりしてきてるんだ。まだ厳しい状態だけど、亮介くんの無罪が証明されそうだと知って、泣いていた。熊谷のことは、おまえの推測どおり、最初から敵かもしれないと疑っていたらしい……』

〈良かった……〉

来週末に夕食を共にする約束をしてスマホを仕舞い、二階の踊り場に降り立った時、あの相田那奈が身軽な足取りで駆け上がってきた。

軽く会釈をして通り過ぎようとすると、那奈は足を止めて、真帆に声をかけた。

「私、結婚するんです」

唐突な言葉に面食らいながら真帆が振り向くと、那奈が少し体を近付けた。

「相手は吾妻巡査じゃないですけど……」

言葉を探していると、那奈がいつもとは違う笑顔で言った。

「私、本当は、椎名巡査のような人に憧れていたんです……」

え？　と真帆はその目をじっと見つめた。

「子どもの頃は、警察官になって刑事になるのが夢でした……なんて」

那奈は早口で言うと、軽く頭を下げて駆け上がって行った。

真帆の周りに、ふんわりと、花の香りが漂った。

雪

朝の通勤電車は、真帆にとって相変わらず地獄のようだった。

これまでと移動時間はそう変わらないが、苦手な地下鉄に毎日乗らなければならない。

何故、これほどまで自分の思いとは別の方向に進んでしまうのか……。

まだ人生を語るには幼過ぎることは分かっているが、周囲の同年齢の女子たちは、その容姿に拘らず、華やかな人生を謳歌(おうか)しているように見えて仕方がない。

『本当は、椎名巡査のような人に憧れていたんです……』

相田那奈の声が蘇(よみがえ)り、真帆はそっと苦笑する。

人は誰しも、自分以外の人生に一瞬だけでも憧れを抱いてしまうものなのか。

車内の暖房が効きすぎているのか、ダウンコートの下が汗ばんでくる。

到着駅に着くと、雪崩のような勢いで吐き出され、それでも、ここ一週間ほどで覚えてしまった身体が、勝手に目的地に向かう。

同じ方角に向かう人の群れと歩調を合わせていると、足下に落ちて来る白いものに気付き、真帆は足を止めた。

背後からたくさんの背中が追い抜いて行く。

見上げると、聳(そび)え立つ警視庁本部庁舎の遥(はる)か上から、無数の雪が降りて来る。

『いつでも帰って来ていいんだからな……』

新堂の言葉を嚙(か)み締めながら、真帆は再び一歩を踏み出した。

この冬初めての雪を、身体いっぱいに受け止めながら。

本書は書き下ろしです。
本作はフィクションであり、登場する
人物・組織などすべて架空のものです。

刑事(けいじ)に向(む)かない女(おんな)

黙認捜査(もくにんそうさ)

山邑(やまむら) 圭(けい)

令和2年 8月25日 初版発行
令和5年 2月5日 5版発行

発行者●山下直久

発行●株式会社KADOKAWA
〒102-8177 東京都千代田区富士見2-13-3
電話 0570-002-301(ナビダイヤル)

角川文庫 22280

印刷所●株式会社KADOKAWA
製本所●株式会社KADOKAWA

表紙画●和田三造

◎本書の無断複製(コピー、スキャン、デジタル化等)並びに無断複製物の譲渡および配信は、著作権法上での例外を除き禁じられています。また、本書を代行業者等の第三者に依頼して複製する行為は、たとえ個人や家庭内での利用であっても一切認められておりません。
◎定価はカバーに表示してあります。

●お問い合わせ
https://www.kadokawa.co.jp/ (「お問い合わせ」へお進みください)
※内容によっては、お答えできない場合があります。
※サポートは日本国内のみとさせていただきます。
※Japanese text only

©Kei Yamamura 2020 Printed in Japan
ISBN 978-4-04-109587-4 C0193

◆◇◇

角川文庫発刊に際して

角川源義

第二次世界大戦の敗北は、軍事力の敗北であった以上に、私たちの若い文化力の敗退であった。私たちの文化が戦争に対して如何に無力であり、単なるあだ花に過ぎなかったかを、私たちは身を以て体験し痛感した。西洋近代文化の摂取にとって、明治以後八十年の歳月は決して短かすぎたとは言えない。にもかかわらず、近代文化の伝統を確立し、自由な批判と柔軟な良識に富む文化層として自らを形成することに私たちは失敗して来た。そしてこれは、各層への文化の普及滲透を任務とする出版人の責任でもあった。

一九四五年以来、私たちは再び振出しに戻り、第一歩から踏み出すことを余儀なくされた。これは大きな不幸ではあるが、反面、これまでの混沌・未熟・歪曲の中にあった我が国の文化に秩序と確たる基礎を齎らすためには絶好の機会でもある。角川書店は、このような祖国の文化的危機にあたり、微力をも顧みず再建の礎石たるべき抱負と決意とをもって出発したが、ここに創立以来の念願を果すべく角川文庫を発刊する。これまで刊行されたあらゆる全集叢書文庫類の長所と短所とを検討し、古今東西の不朽の典籍を、良心的編集のもとに、廉価に、そして書架にふさわしい美本として、多くのひとびとに提供しようとする。しかし私たちは徒らに百科全書的な知識のジレッタントを作ることを目的とせず、あくまで祖国の文化に秩序と再建への道を示し、この文庫を角川書店の栄ある事業として、今後永久に継続発展せしめ、学芸と教養との殿堂として大成せんことを期したい。多くの読書子の愛情ある忠言と支持とによって、この希望と抱負とを完遂せしめられんことを願う。

一九四九年五月三日

角川文庫ベストセラー

刑事に向かない女
山邑　圭

採用試験を間違い、警察官となった椎名真帆は、交通課勤務の優秀さからまたしても意図せず刑事課に配属されてしまった。殺人事件を担当することになった真帆の、刑事としての第一歩がはじまるが……。

刑事に向かない女　違反捜査
山邑　圭

都内のマンションで女性の左耳だけが切り取られた絞殺死体が発見された。荻窪東署の椎名真帆は、この捜査でなぜか大森湾岸署の村田刑事と組まされることになる。村田にはなにか密命でもあるのか……。

軌跡
今野　敏

目黒の商店街付近で起きた難解な殺人事件に、大島刑事と湯島刑事、そして心理調査官の島崎が挑む。（「老婆心」より）警察小説からアクション小説まで、文庫未収録作を厳選したオリジナル短編集。

熱波
今野　敏

内閣情報調査室の磯貝竜一は、米軍基地の全面撤去を前提にした都市計画が進む沖縄を訪れた。だがある日、磯貝は台湾マフィアに拉致されそうになる。政府と米軍をも巻き込む事態の行く末は？　長篇小説。

鬼龍
今野　敏

鬼道衆の末裔として、秘密裏に依頼された「亡者祓い」を請け負う鬼龍浩一。企業で起きた不可解な事件の解決に乗り出すが……恐るべき敵の正体は？　長篇エンターテインメント。

角川文庫ベストセラー

陰陽
鬼龍光一シリーズ

今野　敏

若い女性が都内各所で襲われ惨殺される事件が連続して発生。警視庁生活安全部の富野は、殺害現場で謎の男・鬼龍光一と出会う。祓師だという鬼龍に不審を抱く富野。だが、事件は常識では測れないものだった。

憑物
鬼龍光一シリーズ

今野　敏

渋谷のクラブで、15人の男女が互いに殺し合う異常な事件が起きた。さらに、同様の事件が続発するが、その現場には必ず六芒星のマークが残されていた……警視庁の富野と祓師の鬼龍が再び事件に挑む。

豹変
鬼龍光一シリーズ

今野　敏

世田谷の中学校で、3年生の佐田が同級生の石村を刺す事件が起きた。だが、取り調べで佐田は何かに取り憑かれたような言動をして警察署から忽然と消えてしまった――。異色コンビが活躍する長篇警察小説。

殺人ライセンス

今野　敏

高校生が遭遇したオンラインゲーム「殺人ライセンス」。ゲームと同様の事件が現実でも起こった。被害者の名前も同じであり、高校生のキュウは、同級生の父で探偵の男とともに、事件を調べはじめる――。

警視庁潜入捜査官 イザヨイ

須藤靖貴

警察庁から出向し、警視庁に所属する志塚典子に、上層部から極秘の指令がくだった。それは、テレビ局内で起きた元警察官の殺人事件を捜査することだった。犯人は、警察内部にいるのか？　新鋭による書き下ろし。

角川文庫ベストセラー

逸脱 捜査一課・澤村慶司　堂場瞬一

10年前の連続殺人事件を模倣した、新たな殺人事件。県警を嘲笑うかのような犯人の予想外の一手。県警捜査一課の澤村は、上司と激しく対立し孤立を深める中、単身犯人像に迫っていくが……。

天国の罠　堂場瞬一

ジャーナリストの広瀬隆二は、代議士の今井から娘の香奈の行方を捜してほしいと依頼される。彼女の足跡を追ううちに明らかになる男たちの影と、隠された真実とは。警察小説の旗手が描く、社会派サスペンス！

歪 捜査一課・澤村慶司　堂場瞬一

長浦市で発生した2つの殺人事件。無関係かと思われた事件に意外な接点が見つかる。容疑者の男女は高校の同級生で、事件直後に故郷で密会していたのだ。県警捜査一課の澤村は、雪深き東北へ向かうが……。

執着 捜査一課・澤村慶司　堂場瞬一

県警捜査一課から長浦南署への異動が決まった澤村。その赴任署にストーカー被害を訴えていた竹山理彩が、出身地の新潟で焼死体で発見された。澤村は突き動かされるようにひとり新潟へ向かったが……。

黒い紙　堂場瞬一

大手総合商社に届いた、謎の脅迫状。犯人の要求は現金10億円。巨大企業の命運はたった1枚の紙に委ねられた。警察小説の旗手が放つ、企業謀略ミステリ！

角川文庫ベストセラー

十字の記憶　堂場瞬一

新聞社の支局長として20年ぶりに地元に戻ってきた記者の福良孝嗣は、着任早々、殺人事件を取材することになる。だが、その事件は福良の同級生2人との辛い過去をあぶり出すことになる――。

約束の河　堂場瞬一

幼馴染で作家となった今川が謎の死を遂げた。法律事務所所長の北見貴秋は、薬物による記憶障害に苦しみながら、真相を確かめようとする。一方、刑事の藤代は、親友の息子である北見の動向を探っていた――。

スティングス　特例捜査班　矢月秀作

首都圏を中心に密造銃を使用した連続殺人事件が発生した。警視庁の一之宮祐妃は、自らの進退を賭けて、ある者たちの捜査協力を警視総監に提案。一之宮と集められた4人の男女は、事件を解決できるのか。

鳥の森　矢月秀作

椎堂圭佑は、エリート養成が目的の全寮制高校を脱寮した少年の自殺を未然に防ぎ、立ち直らせた。だが高校にもどった少年は寮生たちに殺害されてしまう。椎堂は少年のため事件の解明に奔走するが……。

警視庁特例捜査班　幻金凶乱　矢月秀作

警視庁マネー・ロンダリング対策室室長の一之宮祐妃は、疑惑の投資会社を内偵するべく最強かつ最凶の〈チーム〉の招集を警視総監に申し出る――。仮想通貨をめぐる犯罪に切り込む、特例捜査班の活躍を描く！